btb

Dem Elternhaus ist sie mit knapper Not entkommen, da bemerkt sie, die jüngste Tochter des Pleitebauern: Der Provinz entkommt man nicht. Also schließt sie sich einer Bande von Vandalen und Störenfrieden an, die die Provinz in die nahe Stadt tragen, den Schlachthof plündern und in Tierkadavern Drogen schmuggeln. Sie tanzen und sie wüten, sie spielen mit ihren Leben, weil sie es gewohnt sind, zu verlieren. Die Party ist erst aus, wenn die nächste beginnt, das Motto lautet »Überleben«. Bis plötzlich nicht nur die eigene Existenz auf dem Spiel steht: Sie gebiert einen Sohn, den sie liebt wie einen Erlöser, und wird in dieser Liebe zu einem Scheusal im Kampf gegen die Sterblichkeit.

»Fretten« ist ein Bastard, ein Bankert, ein Mischling aus Lebensanklage und Liebeserklärung, gezeugt im Rausch der Verewigungssucht, im heiligen Zorn auf die Existenz und den Tod, geboren in Trümmern aus der Lust am Tabubruch. Es nennt beim Namen, was einen Namen hat, und zwar nicht zwischen den Zeilen, sondern Schwarz auf Schwarz, mit Sprachgewalt und einem Galgenhumor, dass einem die Luft wegbleibt.

HELENA ADLER, geboren 1983 in Oberndorf bei Salzburg, gestorben 2024 in Salzburg. Studium der Malerei am Mozarteum sowie Psychologie und Philosophie an der Universität Salzburg. »Die Infantin trägt den Scheitel links« stand 2020 auf der Longlist des Deutschen Buchpreises sowie auf der Shortlist des Österreichischen Buchpreises. Mit dem Roman »Fretten« stand Helena Adler ebenfalls auf der Shortlist des Österreichischen Buchpreises.

Helena Adler

Fretten

Roman

btb

für mein geliebtes Kind

Es ist ein einziges Leiden, und dann entsteht etwas daraus.
Virginia Woolf

Wenn Du vor mir stehst und mich ansiehst, was weißt Du von den Schmerzen, die in mir sind und was weiß ich von den Deinen. Und wenn ich mich vor Dir niederwerfen würde und weinen und erzählen, was wüsstest Du von mir mehr als von der Hölle, wenn Dir jemand erzählt, sie ist heiß und fürchterlich. Schon darum sollten wir Menschen voreinander so ehrfürchtig, so nachdenklich, so liebend stehn wie vor dem Eingang zur Hölle.
Franz Kafka

Ich male nie Träume oder Albträume.
Ich male meine eigene Realität.
Frida Kahlo

Das Mutterherz ist der schönste und unverlierbarste Platz des Sohnes, selbst wenn er schon graue Haare trägt – und jeder hat im ganzen Weltall nur ein einziges solches Herz.
Adalbert Stifter

fret/ten (süddeutsch / österreichisch): sich abmühen, sich plagen, mühsam über die Runden kommen, sich aufreiben, sich wund reiben

1

Die Beständigkeit der Erinnerung

Ich wache auf im Kindskörper, im Inneren der alten Bauernbaracke. Ich steige aus dem leeren Elternbett, das fröstelt, seit ich allein bin. Kaltes Holz unter meinen Blasenentzündungsfüßen, verzogene Dielen, die sich derart aufwölben, als würden Tote ihre Gräber aufschlagen. Das schwarze Vorhaus schluckt mich, dass mir schwindlig wird. Ich klammere mich an die Silhouetten der Wölfe, die vor der Küchentür winseln. Durch den Türspalt kriecht warmer Dampf, ranzig süßlicher Fleischgeruch beizt sich in meinen Magen. Reizend! Kühe in der Küche, zumindest das, was von ihnen übrig ist. Pansen zerfransen sich in einem silbernen Bottich am Herd, quellen um die Wette im Wasserwall, wie Meerestiere im seichten Sud, wie Schaumgestorbene. Die Mutterkuh rührt mit einem langen Stiel im Festmahl für die Köter. Die Mutterkuh gehört zum Bauerngefüge und fügt sich unter jedes Joch. Gesund sei das, sagt sie, was da an Mai-Morcheln erinnert. Die Mägen der Wiederkäuer werden den Hunden vorgekaut, so hat sie das mit den Karotten früher bei mir gemacht. »Weißt du, mein Kind«, spricht die Mutter, »bei uns gibt es nur Schürzenträger und Schürzenjäger, merk dir das.« Dabei wischt sie ihre sauberen Hände in das schmutzige Wickeltuch. Niemand hier trägt eine weiße Weste. Nicht einmal ich.

2

Das irdische Paradies

Als ich geboren wurde, war da eine weiche Welt, in die ich fiel und mich fortan betten durfte. Ich sank in eine Welt aus Daunentuchenten, die sich unter meinem Kindergewicht sanft zusammendrückte. Rundherum blähten sich Airbags aus Mutterkuchen und Vaterbäuchen, sie umgaben mich von allen Seiten, und wenn sie es nicht taten, dann tat es der Germteig der Urgroßeltern, der ständig irgendwo aufging, und wenn er ruhte, sich weiterblähte, hütete mich immer noch der kleine Berg, auf dessen Plateau wir wohnten, der eigentlich ein saftiger Hügel war, eine Endmoräne, ein vom Gletscher aufgeschobener Erdwall, der mir das Gefühl gab, über den Dingen erhaben und über dem Dorf enthoben zu sein. Und selbst unser Bühel bauschte sich vor mir, sobald ich Anstalten machte, ihn zu verlassen. Alles plusterte sich auf, damit ich nur nirgendwo aneckte. Die Erwachsenen bandagierten die Welt um mich herum und stellten die Weichen. Sie polsterten meine Kinderschuhe und ließen mich auf Watte gehen. Ecken und Kanten wurden abgeschliffen, nur meine eigenen nicht. Alles gab nach, selten spürte man Widerstand. Ständig hatte man das Gefühl, über dem Boden zu schweben, alles von höherer Warte aus zu betrachten. Wir waren die Sagrada Familia, und die bestand nebst der Sippe mit den üblichen Andächtigen aus einem Weiler, der vor sich hin wucherte. Unsere bescheidene Bude trug eine cremegelbe Bröckelfassade und hellgrüne Fensterläden. Zu ihren Seiten buckelten die kleineren Nebengebäude, duckte sich der Stall und noch ein paar gebrechliche Scheunen, die sich jährlich schuppten, sodass wir uns an ihrer Holzhaut schieferten, so oft wir sie berührten, als würden sie beweisen wollen, dass sie noch lebten. Wir waren mit all diesen Gebäuden verwachsen, und niemand konnte sagen, wo sie anfingen und wir aufhörten. Der Garten der Urgroßeltern war ein einziges Blumenversteck, die Gräser so hoch, dass ich mich wie ein Kitz im Sommerfeld darin verbergen konnte. Zwischen den Büschen lagen Katzennester, aufgeheizt von der Sonne und dem Sommerfell, frisch verlassen und liegewarm, wie eingebeulte Polster. Ich schlief unter Ribiseln und Brombeerstauden. Ich war so klein, dass mir die Stachelbeeren so groß vorkamen wie Wassermelonen. Hinter den Himbeersträuchern lagen Felder voll Sonnenblumen, die sofort an mir zu schnüffeln begannen, wenn ich ihnen in der Blüte zu nahetrat. Ihre Köpfe wanderten mit dem Licht von Osten nach Westen, immer die gelbe Mutterscheibe im

Blick. Die Pfauen stolzierten bedächtig über den staubigen Boden, vornehm wie Luftakrobaten, die auf einem Seil balancieren. An dem einen Tag erhoben sich die blauen Fasane über Farnfelder, am nächsten zogen sie ihre Schleppen wie schwere Barockkleider über den Hinterhof und verhielten sich wie bessere Hühner. Sowie sie einen Bewunderer erspähten, liebäugelten sie mit ihren irisierenden Guckern und breiteten ihr Federgut aus, dabei wedelten sie sich bei jedem getanen Schritt mit ihrem Fächer zu, als gäben sie sich selbst Applaus. Weiter hinten im Garten simulierte unsere Flamingo-Kolonie ein prächtiges Abendrot, wie Soldaten in Rosa steckten sie mit ihren Stelzen im Sumpf, und ihre Schnabelspitzen sahen aus, als hätte man sie in Schokolade getunkt. Alles war voll Farbe, nur die Tauben waren blass, und die Krähen sahen aus wie Schatten ihrer selbst, worüber sie ständig ätzten, wenn sie über die Wälder flogen.

Die Welt roch nach Baumwipfel und Zirbelkiefer. Nach frisch gefallenem Schnee. Nach aufgewühlter Erde und nach meinem Kinderschorf. Ständig schien eine Abendsonne in alle Winkel und Verstecke dieser Welt, und ständig schwirrte irgendetwas durch die Luft. Insekten verwandelten sich in Schneeflocken, ohne dass es einem sofort auffiel, und so war das Land irgendwann von einem Tag auf den anderen frostig geworden. Man maß die Zeit an der Umgebung und ihrer Vielfalt. Wenn aus Schmetterlingen Glühwürmchen geworden waren, setzte die Sonnenwende ein. Die Menschen schienen perfekt an ihr Umfeld angepasst und sahen aus wie das Gemüse, das sie aus der Erde zogen, und wie das Fallobst, das am Boden landete. Im Winter schloss man die Türen, verbarrikadierte sich und las bei Kerzenlicht. Wir hatten kein Geld, aber immerhin Bücher und unbeschriebene Blätter. Ich verbrachte viel Zeit bei den Urgroßeltern, die im selben Haus wohnten, und wenn nicht dort, dann im Taubenverschlag am Balkon der maroden Hütte nebenan, von dem aus man zum Weiher hinübersah. Der Holzschuppen schien jeden Moment einzustürzen, das Dach hing knietief kopfüber, aber ich liebte diesen morschen Elfenbeinturm, in den mir niemand folgen konnte. Zumindest niemand, der schwerer war als ich, und jeder hier brachte mehr auf die Waage. Unter den losen Brettern versteckte ich Briefe, die ich an Lebewesen einer anderen Spezies schrieb, an Engel oder Aliens, jeder Besucher war mir willkommen. Der Blick von dort oben umfasste die ganze weiche Welt, auch den Garten hinterm Haus, der so viele Geheimnisse barg wie Mauselöcher. Im Süden lagen der Watzmann und der Untersberg, und im Osten konnte man die Nasenspitze des Schafbergs erkennen und wie sie über unsere Hügellandschaft schnofelte, den Duft unserer Weizenfelder einsog. Die Berge lagen genau in der Entfernung, in der ich sie haben wollte. Sie kamen mir nicht zu nah, verdeckten nie meine Sicht, gaben mir aber das Gefühl, jederzeit in See stechen zu können. Sie inszenierten ein unendliches Meer, hinter dem Italien lag, und warteten in Reichweite auf mich wie Altvordere.

Jeder Tag roch nach Abenteuer, überall gab es Refugien und Schlupflöcher, keine Mauer war gerade, kein Boden eben. Fantastische Wesen urinierten aus ihren Mündern von den Dachtraufen herab. Ich stellte mich darunter, um zu wachsen. Ich war nicht hungrig, ich war lebensgierig. Ich gedieh, und ich wuchs so schnell, dass mir dabei ständig die Knochen brachen. Man faschte meine Arme, umwickelte die Haut, strich Wasser über das weiße Netz und wartete, bis alles hart wurde, bis diese zweite Haut verknöcherte. Jeden Gips trug ich wie eine Trophäe.

Ich war anspruchslos und frosthart, und ich ging immer schwanger mit neuen Geschichten, die ich mir ausdachte. Nie war es still, außer beim ersten Schnee. Kanalisationen und Tunnelsysteme durchzogen unser Land, unterhalb der Moorwiese erstreckte sich ein Löschteich im Erdinneren, auf dem ich mit einem alten Boot fuhr und Fährmann spielte. Wann immer ein Tier starb, warf ich mir einen Umhang über und ruderte den toten Körper von der einen zur anderen Seite, weil ich dachte, ich könnte seine Seele so sicher ins Totenreich geleiten. Der Himmel hing weit herab, und was über ihm war, wusste ich nicht, ich ahnte nur, dass es weit war. Neben dem Weiher erhob sich ein kleiner Bühl, auf dem eine halbrunde, offene Kapelle erfolgreich um Besucher warb. So nisteten Jahr für Jahr die Amseln in der Krone Mariä und zogen dort ihre Küken heran. Den Bühel stellte ich mir als Insel vor, wenn ich auf ihm saß. Ich zeichnete das Gebirge, das vor mir lag, als Unterwasserlandschaft mit Tusche und Deckweiß, und malte mir an ungetrübten Sonnentagen aus, ich würde auf ehemaligem Meeresgrund leben, unter allerhand seltsamen Landbewohnern. Als wären die Berge rundum einmal mächtige Felsen gewesen, deren Spitzen über die Wasseroberfläche hinausragten. Als säßen wir mit dem Hosenboden am Ozeanboden, wo nun alles an Licht und Luft gedieh. Noch im Bett drückte ich mir jeden Morgen mit den Fingern die Augäpfel gegen das Gehirn und wartete dann, bis die bunten und grellen Blitze verschwanden, sich der schwarze Schatten lichtete und sich ein weiter Raum auftat, der weiß war und von roten Adern durchzogen. Gleichzeitig stellte ich mir vor, dass das alles ein Himmelsgewölbe war, eine Pforte in die Ewigkeit. Wenn ich dann vom Fenster ins Tal hinabsah, wanden sich die Menschen dort wie geschäftige Ameisen, die sich mühten, Leben in ihren Haufen zu bringen. Wir sind dem Himmel viel näher als die da unten, dachte ich, wir würden die Sintflut überleben. Das Tal mit all seinen Talmenschen wäre schnell überflutet, würde sich binnen Sekunden wie ein verstopftes Waschbecken füllen. Wir aber stiegen mit unseren Tieren in die provisorische Arche Noah, in den auf dem Feld stehenden Getreidekasten, einen hölzernen Kornspeicher, der aussah wie ein finsteres Hexenhaus mit massiven Wänden, ein Konstrukt, das stockstabil wirkte und bestimmt nicht unterging.

Die Mutter zitierte ständig aus der Bibel und brachte uns damit auf die Psalmen. Der Vater erzählte Geschichten aus der griechischen Mythologie, veranschaulichte den Stammbaum der olympischen Götter praxisnah anhand der Namen, die er den Kühen zuordnete und mit Kreide auf kleine Tafeln schrieb, die hinter ihnen an der Holzvertäfelung angebracht waren. Und er selbst sah aus wie Poseidon, wenn er mit dem Traktor über die Wiesen donnerte und den Inhalt des Güllefasses übers Feld spritze. An guten Tagen nannte er die Mutter Demeter, denn diese Form der biologisch-dynamischen Landwirtschaft galt in seinen Augen als Königsklasse der Agrarkultur. Er ergatterte ausrangierte Särge von der nahegelegenen Mülldeponie, zersägte sie und lagerte Kartoffeln darin oder baute daraus ein Hochbeet für Radieschen und Rettich. Ich glaubte alles, was mein Vater mir auftischte, und hielt die bare Münze noch für Gold. Der Urgroßvater brachte mir seltene Wörter bei, die wir hegten wie bedrohte Tierarten. Und die Mutter sagte seltsame Gedichte auf, sobald es dunkel war, aber erst, nachdem sie die Heilige Schrift verstaut hatte, weil sie nicht wollte, dass ihr profanes Wort in Gottes Ohr drang. »Ich will dir was erzählen, von Hutsche-Butsche-Bählen«, flüsterte sie, während sie mit ihrem Zeigefinger mein Gesicht umkreiste, »aber sei mir ja verschwiegen, sonst werde ich dich bei der Nase kriegen.« Das I von verschwiegen zog sie dabei so in die Länge wie meinen Zinken, den ich von ihr geerbt hatte. Sie konnte alle Reime und

Gedichte auswendig aufsagen und ihre Textsicherheit gab mir Geborgenheit.

Das Urvertrauen steckte einem in allen Knochen, und mochten sie noch so morsch sein. »Eppan wird's da oben auch noch geben«, sagte die Urgroßmutter immer, sobald ich Zweifel an etwas hegte. »Eppan wird's schon richten. Eppan schaut auf uns.« Eppan war weiß Gott was, aber all ihre Hoffnung und ihr Glaube steckte in diesem Wort.

3

Die Erfindung der Ungeheuer

Ich wurde nicht geboren, ich wurde fallengelassen, geworfen und niedergeschmettert, und ich habe nicht geschrien, sondern geschluckt. »Warum schreit das Kind nicht?!«, haben die Ärzte geflucht, mir auf die nackten Hinterbacken geklatscht, um mich zu einer Stellungnahme über die Welt zu zwingen. Schreie sind Lebensbejahung, doch ich hielt den Mund. »Moment«, mahnte die Hebamme, als sie meinen rosa Organismus mit Auge und Ohr sondierte: »Sie schluckt!« Und wie ich schlucken musste! Und was ich zu schlucken hatte! Ein Ärztereigen in voller Montur empörte sich über mich und meinen Aufzug, über die, die sich ab jetzt meine Eltern nannten, und über die rostige Rüstung, in der ich zur Welt kam. Der Oberarzt schüttelte den Schädel, die Turnusärztin schlug die Hände über dem Kopf zusammen, als sie auf die Rückbank der versifften Karre stierten, auf der die erleichterte Gebärerin das blutdurchsoffene Badetuch unter ihrem Gesäß zusammenraffte. »In dieser Kiste?!«, entrüsteten sich die

Heilkundigen. Sie blendeten mit Stirnleuchten in unsere intime Welt, die sich vor ihnen ausgebreitet hatte wie ein Faltzelt. In ihren Gesichtern war zu lesen, dass wir Verlierer waren, durchgefallen, eine Bagage von Untauglichen, die das Leben ausgemistet hatte. Ekel, Abscheu und Überheblichkeit wechselten im Mienenspiel der medizinischen Mustermenschen, und ich begann mich zu schämen, noch bevor ich mich gesehen hatte. Statt Stolz blähte mich hinkünftig Herkunftshader. Ich war eine geballte Ladung. Und meine Fäuste öffneten sich immer erst, wenn sich die Türen hinter denen schlossen, die mich verließen. Ich musste viel schlucken. Immer wieder.

In der harten Welt bauschte sich nichts. Die Vaterbäuche waren Kriegswampen, bis oben hin gefüllt mit den Traumata der Vorgenerationen, die Mutterkuchen ausgetrocknete Seen. Alles war ausgeweitet. Ich war umgeben von Tränensäcken, von Hautlappen, ausgedehnten Gebärmüttern, leergesoffenen Mutterbrüsten. Nichts gab Halt, aber alles nach. Die Kleider, die Betten, selbst das Fell der Tiere, überall fiel ich hindurch. Nichts war in Form, alles fühlte sich labbrig an. Die kranken Bäume standen in ständiger Angstblüte, die Vögel verloren ihren Federschmuck in der Schockmauser, Wanderratten wurden bei uns sesshaft und verscheuchten die Katzen aus ihren Heunestern oder zwangen sie, ihre Gschrappen zu adoptieren, die sich dann bei der Katzenmutter satt soffen.

Die Zeit wollte nicht vergehen, sie rieselte zu Boden

wie Salz. Die Welt war stehengeblieben. Sie schlüpfte in die Augenhöhle des Universums zurück, um dort schwarze Löcher ins Vakuum zu starren. Das zweite Auge des Universums war aber die Sonne, ein Auge, das die anderen blendete und alles zu durchleuchten schien, obwohl es selbst scheel und blind war. Ich wusste genau, warum mir der milde Mond schon als Kind lieber war. In ihm erkannte ich mein eigenes Gesicht mit all seinen Kratern.

Vorhersehung lag in der Luft. Die Raben, die täglich über die Dächer flogen, landeten immer nur auf unseren Feldern. Regenwürmer verknoteten sich absichtlich. Die Sonne fiel auf, weil sie so selten schien, der Regen herunter. Es stank ständig nach Hundsdreck, nicht penetrant, häufig überraschend, und es trieb einen in den Wahnsinn, weil man nie wusste, woher der Gestank kam. Man untersuchte Schuhsohlen, roch an seinen Fingernägeln und kratze den talgigen Schmutz darunter vorsichtshalber heraus.

Das Leben in der harten Welt bestand aus Rupfen, Zupfen und Häuten, aus Auslösen und Auflösen. Alles alterte und verwitterte und war von Patina überzogen. Mehr als alles liebte ich die Ungetüme. Die Unverstandenen. Die, die aus kindlichem Jähzorn heraus Erwartungen zerstörten. Aber auch die, vor denen man sich ekelte. Vor denen man instinktiv zurückschreckte, zu denen man Sicherheitsabstand hielt. Die, deren Makel man nicht zählen konnte, und die, die keinen Hehl aus ihren Schwächen machten. Ich hatte eine nicht zu leugnende Leidenschaft für Monstrümer, Bestien und Ungeheuer. Diese Ungeheuer waren meine Familie, und ich ein Kind im Volksschulalter. Freilich war diese Welt die gefährlichste von allen. Sobald man ruhte, schlugen die Zeitraffer zu. Ich hasste es, wenn sie mit ihren Meißeln neue Falten in die Gesichter der Eltern schlugen. Die beiden mussten unentwegt rackern und in Bewegung sein, um nicht verschluckt zu werden. Bewegungslosigkeit hieß Stillstand, und Stillstand bedeutete Verfallsbeschleunigung. Es waren neben den Urgroßeltern vor allem die Planeten, die mich großzogen. Und die Stadtlichter in der Ferne meine Nachtleuchte. Wölfe waren meine Kuscheltiere, und nach Klageliedern schlief ich am besten. Man sagte, der Garten und ich hingen zusammen, doch ich wusste nicht genau, wie. Ich fühlte mich als Schmarotzer. Bei jedem Wachstumsschub begannen die Blumen zu welken. War ich krank, trieben den Bäumen die Knospen im Winter aus. Ich wollte nicht wachsen, legte mir schwere Bücher auf den Kopf und schnürte mich ein. Ich trug immer ein Fernrohr bei mir, um mich notfalls von den Dingen um mich herum zu entfernen. Die Eltern hatten wenig Zeit für mich, sie stritten viel, kämpften miteinander oder gegen das jeweilige Schwiegergeschlecht. Gleichwohl vergötterte ich diese harte Welt, in der ich mich nicht vergewissern musste, dass ich am Leben war. Mein Leid bewies es mir jeden Tag, denn wer leidet, der lebt.

Die Welt, in der ich lebte, es waren mindestens zwei.

Ich konnte mich nie entscheiden, welche mir näher lag, manchmal gingen sie nahtlos ineinander über, doch meistens standen sie im Widerspruch. In der einen gab es überall Tiere, Felle, Pelze und Federn, zum Streicheln, Wärmen, Bergen und Betten. Es war ein Gefilde der Seligen, in dem ich mit den Wölfen sprechen und mit den Katzen jedes Gegenüber anschnauzen durfte. Den Truthahn und die Pfauen imitierte ich so perfekt, dass mir ihre Weibchen überall hin nachrannten, und der Stier zog seine Schnauze zu einer Schnute, wenn ich es ihm vormachte. Der Wechsel in die andere Welt erfolgte oft abrupt, wie ein niederfahrender Blitz, und die Schlachten, die sich die Eltern lieferten, wirkten wie Brandbeschleuniger. Diese andere Welt war brutal, voll Dreck und Kadaver. Der Tod war allgegenwärtig, weil in der riesigen Sippe ständig jemand verkümmerte, siechte oder starb, Vieh oder Mensch, Kopf oder Zahl. Da und dort schuf ich mir kleinere Unterwelten und Nebenwelten. Ich illustrierte die Gebilde und Labyrinthe in meinem Kopf und schrieb darüber. Ich zeichnete einen prächtigen Sultan mit Turban, der aus einem Sack Sultaninen mit runzeligen, schmerzverzerrten Gesichtern aß und auf einer Riesenbanane zwischen zwei Bäumen saß wie auf einer Hängematte. Ich fertigte Naturstudien von Insekten an, sammelte tote Schmetterlinge und Nachtfalter, Käfer und Larven und versah mein Insektarium mit Notizen. Ich ließ Hirschkäfer und Hirschkühe auf dem Papier gegeneinander kämpfen. Irgendwo schnappte ich auf, dass es möglich war, seine Gene zu verändern, und daran hielt ich mich fest. Der schlaue Onkel, Biologe, Bildhauer und Imker, den die Waldorfschüler *Hirn* nannten, zeigte mir seine Schmetterlingszucht, ein Gewächshaus voller Zitronenfalter, aus dem ein frisches Gelb strömte, sich bewegte und wand, als wäre es lebendig. Ein Gelb, das ich mit Aquarellfarben wiederzugeben versuchte. Der Onkel begutachtete meine Sammlung von Zeichnungen, ein Bestiarium bizarrer Welten und Phantasmen, deformierter Gestalten und grotesker Schattenwesen, die, wenn alle anderen schliefen und ich wach lag, unter den Betten und aus den Kästen hervorkrochen, die sich durch Dielenspalten zwängten und durch Mauerrisse quetschten, die ich aufs Papier brachte, um sie zu bezeichnen, um sie aus meinem Inneren zu bekommen, damit sie mich irgendwann vielleicht in Ruhe ließen. Sobald die Eltern eindämmerten, schlüpften sie in unser Schlafgemach, wurden sichtbar, schwollen an und gediehen im Spiel zwischen Licht und Schatten. Sie nährten sich von der Nacht und zeigten ihre Fratzen im Scheinwerferkegel, den vorbeifahrende Autos an die Wand warfen. Sie saugten sich voll mit der Feuchtigkeit in den Gemäuern, tranken sich satt an der Dunkelheit und fraßen sich in die Träume der Eltern, die am nächsten Morgen erschlagen und verwirrt wirkten, so als hätten sie etwas verloren, als hätten sie sich selbst verloren. Die Monster der Nacht waren eigenwillig und unheimlich. Oft waren es Tiere mit menschlichen Zügen oder skurrile Menschenfiguren mit animalischem Ausdruck. Manchmal saßen sie im Nussbaum und lenkten diesen wie eine Maschine, ließen seine Äste mit den dünnen Fingern hereingreifen, als wären sie Fühler, die sich nach mir streckten. Ich war diesen Kreaturen, die sich manchmal in lebendige Tierkadaver verwandelten, gnadenlos ausgeliefert, und wenn ihre Zeit gekommen und die Finsternis angebrochen war, traten sie über alle Ufer, quollen bis zu meinen Zehenspitzen und lähmten mein Gehirn. Wenn ich dann doch vor lauter Erschöpfung und Anspannung eingeschlafen war, gingen sie nahtlos in meine Träume über und darin spazieren. Sie lachten und schnitten Grimassen, sie zerrten an meinem Körper, über den ich bei vollem Bewusstsein die Kontrolle verloren hatte. Tagsüber allerdings war die Todesangst verschwunden, sie schien wie weggeblasen, und der Gräuel der Nacht verwandelte sich zu einem Genuss am Grauen. Unter dem Schutz der Mutter, die neben mir ihre alltäglichen Arbeiten verrichtete, bereitete es mir überschäumende Lust, meine nächtlichen Schrecken künstlerisch hervorzukehren. Der Onkel lieh mir Bücher mit Illustrationen von Alfred Kubin, und fortan war ich sicher, dass die Bestien, die ich sah und schuf, keine erschaffenen waren, sie lebten nicht nur in mir. Ich wollte anderen eine Welt erschaffen, sie in Parallelwelten schauen lassen, all diese Dinge, die Krater und Schluchten, die Höhlen und Nischen und ihre großen und kleinen Bewohner benennen und beschreiben. Einer dieser Bewohner war Kubins *Wesen von Mars*. Ein traurig dreinschauendes Geschöpf in der Gestalt eines windigen Hundes, abgemagert bis auf die Knochen, das mit seinem Gerippe auf einer Erhebung thront und mit dem Gesicht wehmütig zu Boden blickt und vor Kummer vergeht. Der kahlgeschorene Kopf sitzt dabei wie eine Kugel auf einem Kragen aus Haut, zersplitterten Knochen oder strähnigem Fell, das, ohne dem Schädel, auch ein aufgerissener Schlund sein könnte. Rundum nichts weiter als karge Landschaft, unwirtlich und leer, ein Boden, auf dem nichts gedeiht. Es war der Anblick dieses einsamen Wesens, der mich traurig werden ließ, mir meine eigene Isolation vor Augen führte. Alle um mich herum hatten Gefährten, ich nur die Alten. Also schrieb ich über dieses Geschöpf, schrieb es herbei, nannte es Klimmklang und Kummerhund, weil ich ein leises Winseln vernahm, sobald ich es ansah, ein seltsames Klingen, obwohl es wohl gar nicht zur Klage fähig war, denn anstelle eines Mundes besaß es bloß einen Rüssel. Ich fand, es sollte Freunde bekommen, Glühwürmchen, die sich ganz nah im Gesichtsfeld rund um seine Augen zu versammeln hatten, die aussahen wie Scheinwerfer. Meine Visionen und Hirngespinste überstiegen das, was mir möglich war, nach drei, vier Seiten gelangte ich ans Ende meiner Kräfte.

An einem heißen Sommertag, ich war kaum älter als acht, vielleicht neun, trieb ich mich um die Obstbäume des Onkels herum, der an diesem Nachmittag sein Imkergewand trug und sich bewegte wie ein Marsmensch im Raumanzug, mit federndem Gang durch eine weiche Welt. Ich fühlte mich sicher, und so war ich abgelenkt, als sich von allen Seiten ein Surren näherte. Ein Bienenschwarm verdunkelte mein Sichtfeld, ehe ich bemerkte, dass sich etliche Drohnen in meinem Haupthaar verfangen hatten, und ich schließlich benommen zu Boden sank. Das Letzte, was ich wahrnahm, war der Geruch der überreifen Pflaumen, zerquetschte Zwetschgen am Asphalt, denen ich, Pflaumendiebin, zu nahe gekommen sein musste, weshalb die Bienen jetzt meinen Kopf mit ihren Giftpfeilen aufstachelten, um mich zu bestrafen. Der Onkel trug mich in seiner Astronautenkluft ins Haus, alles außerhalb meines Inneren war für mich außerirdisch geworden. Ich lag im Bett wie ein Soldat, mit angespannten Muskeln und geballten Fäusten, jederzeit kampfbereit, doch die Reserven gingen mir aus. Ein Fieber, das Bienengift, streckte mich nieder, ich stand lange nicht mehr auf. Die Mutter wechselte ständig den Waschlappen auf meiner Stirn, ihre Falten wurden zu Furchen. Jedes Familienmitglied stand mindestens einmal an meinem Bett, der Arzt mehrmals, aber was geredet wurde, verstand ich nicht. Und genau da, während meiner Umnachtung, tauchte der Geselle bei uns auf. Zu dem Zeitpunkt, als ich keine Zukunft mehr sah und keine Zeit und kein Erbarmen und keine Freunde und keine Ziele, in dem Moment, da mir meine Kindheit entglitt und ich spürte, dass mir nur mehr wenige Wochen blieben, bevor sie verschwunden sein würde, zog der Geselle bei uns ein. Er schlich durch die Dörfer, kam in einer rauen Nacht und fand Zuflucht auf unserem Gehöft. Der Geselle war ein finsteres Geschöpf, das heftigen Widerwillen in mir auslöste, ein Wesen, für das ich reine Verachtung empfand, eine Gestalt, die nie sprach, nur nickte, die ich, wäre ich wach und bei Sinnen gewesen, sofort davongejagt hätte. Wann immer der Geselle in unser Haus trat, streifte er eine Kälte ab, die sich wie ein Duft im Raum ausbreitete, sodass man meinen konnte, Raureif liege über allen Dingen. Auch über uns.

4

Das Gelbe Haus

Meistens waren es Gewitter, die uns unter dem Dach der Großmutter zusammenpferchten. Wenn der Himmel schwer wurde, uns gegen den Boden drückte, als wollte er uns fixieren, unsere Köpfe aufblies und unsere Gedanken – Peng! – zerplatzen ließ wie Luftballons und unsere Stimmen tiefer machte, dann verließen alle Verwandten ihre Rotten, um im Haupthaus zusammenzukommen. Die Mücken verfolgten einen in Schwärmen, suchten Unterschlupf in Nasenlöchern und unter Augenliedern, Schmeißfliegen surrten in Trauben um unsere Köpfe, um sie bis auf die Schädelknochen zu zersetzen. Das Haus war der Körper der Urmutter und längst in Verwesung übergegangen. Die Böden und Wände waren schief und krumm wie ihre Zähne, doch die Grundfesten ließen sich nicht leicht erschüttern. Schwere, gebrannte Ziegel, Knochen, die nicht brechen konnten, und die Außenwände so dick, als wären sie eine Verteidigungsanlage. Niemand konnte diese Burg einnehmen, kaum jemand erobern.

Die Großmutter trachtete nach Fortbestand, bis in alle Ewigkeit, nahm ihre Liebsten auf, um sie zu verschlingen, fütterte uns, um uns zu verzehren. Alles in diesem Gebäude verdarb innerhalb von Stunden. Das Fleisch, das Obst, Brot und Gemüse. Es dauerte kaum einen halben Tag, bis ein Lebensmittel in Schimmel verwandelt war. Alles schien von Sporen überzogen, von Verfall gezeichnet und hinfällig. Diese Zersetzung übertrug sich auch auf unsere Gesichter. Ich lebte nun seit zehn Jahren auf dieser Welt und war um mindestens zwanzig gealtert. Die Alten hingegen blühten auf wie Pfingstrosen im Mai. Jedes Zimmer am Hof hatte seine Vergangenheit, und je abgründiger diese war, desto dunkler erschien der Raum. Jedes Mal, wenn ich mit einer Taschenlampe in die hintersten Winkel leuchtete, gab die Großmutter ein Geheimnis preis. Dazu servierte sie uns Eierlikör oder Früchtetee mit Rum, und ich durfte ihre weichen, welken Backen tätscheln, die mich immer an einen alten Pfirsich erinnerten. Kurz nach meiner Geburt überlegte der Vater, das Haus abzureißen, weil die Mutter nicht länger in den Innereien der Großmutter verharren wollte. Nichts unter dem Dach der Vatermutter geschah ohne ihr Wissen. Sie wusste genau, wer mit welcher Absicht ein und aus ging. Man bewegte sich bedächtig, schlich auf Zehenspitzen und schreckte bei jedem Knacksen zusammen, aber verstecken konnte man sich auch im Keller nicht. Die Großmutter war rigoros, vor allem Fremden gegenüber, Unverwandten, die sich in blindem Gehorsam wie Leibeigene zu unterwerfen hatten. Dazu zählte auch die Mutter, die nicht nur von daneben kam, sondern sich auch danebenbenahm. Ihre Herkunftsfamilie genoss zwar gutes Ansehen im Ort, aber nichts und niemand war gut genug für ihren Königsspross. Sie kämpften nicht nur um des Vaters Gunst, sondern auch um die des Allmächtigen. Wann immer die Großmutter Besuch empfing, empfahl die Mutter den Herannahenden als Überlebensstrategie: Ducken! Bücken! Beugen. Kirchenweiber wurden sie im Dorf genannt, Hosiannahyänen, weil sie sich im Lobgesang dauernd gegenseitig zu überheulen versuchten. Bei jedem Kirchengang setzte sich die Großmutter zur Rechten Gottes, zu den Männern. Sie benahm sich auch wie ein Er, ließ sich aber stets mit Sie anreden. Ihr Gebaren glich dem einer Aristokratin. In ihren Augen war die Mutter ein Mauerblümchen, das ihr Huldigung und Dankbarkeit schuldete. Schließlich wohnte sie in ihrem Haus, »also sei ein braves Heimchen, widersprich nicht und ergib dich deinem Leben«. Ihre eigene Familie hatte sie mit Nichts entsandt, schimpfte der Mutter Schwiegermutter, einen lächerlichen Bauernschrank hatten sie ihr mitgegeben, einen verzierten Kasten, von dem niemand abbeißen konnte. »Da ist doch der Wurm drin«, hat die Großmutter gesagt, als sie die Mutter und ihren Kasten sah. Dass sie dankbar sein könne, jetzt genug Grund und Boden zu haben, um sich hineinschämen zu können wegen der fehlenden Mitgift. Ich war der Günstling einer von Konkurrenz getriebenen Liebe, hielt die Kussstirn hin und die Arme auf. Sie übertrumpften sich mit Schmeicheleien und Geschenken, die Mutter trug mir die Patschen hinterher, die Großmutter Köstlichkeiten aus Schokolade, Zuckerwerk und Schweineschmalz.

Erst im Schulalter, als ich die von anderen kennenlernte, begriff ich, dass meine Familie anders war. Also begann ich, über die Sippe zu schreiben. Vom Ofenschlurf aus belauschte ich ihre Gespräche, sammelte Geheimnisse. Niemand bemerkte mich, ich war das vierte Kind und lief nebenher. Ich hatte nicht einmal einen richtigen Namen, so konnten sie mich auch nie richtig benennen. Als sie mein Tagebuch fanden und darin lasen, lachten sie, aber nur so lange, bis sie auf ihre eigenen Namen stießen. Sie mahnten, ich solle den Ruf der Familie nicht ruinieren. Der Ruf unserer Familie ist ein Unkenruf, schimpfte ich, wer geliebt wird, wird verspottet und verhöhnt, so will es die Familientradition, so geht das seit Generationen. Es gab nur eine Sprachfamilie, der wir zugehörig waren, und das war die des Wütens und Scheltens. Unsere Worte lagerten in den untersten Schubladen, dort zogen wir sie heraus, wenn es ans Eingemachte ging, dann zielten wir zielsicher. Wer uns etwas anhaben wollte, wurde rufgemordet. Wir verschlugen anderen die Sprache, wir zerhäckselten die Sprache der Phrasendrescher. Unser Nachruf würde eine übliche Nachrede sein. Meine Herkunft war niedrig, sie war nie über das gebückte hinausgewachsen. Am Ackerboden waren wir zu Hause und weiter hinab als in unsere Jauchegruben ging es nicht.

Wer nicht verhöhnt wird in seiner Familie, wird nicht geliebt, das hatte man mir eingebläut. Schon früh wurde ich abgelehnt, von meiner Schwester verspottet, in die Speisekammer zu den Rüben gelegt, weil ich runzelig werden sollte wie sie. Ich sollte verstehen, wie es sich anfühlt, vom Thron gestoßen zu werden, von einer, die eine Fastenspeise ist, ein vom Primar höchstselbst diagnostiziertes Blinddarmgeschwür, das der Mutter den Schweiß auf die Stirn trieb. Eigentlich genügten der Familie die Schwestern, andererseits bestand eine letzte Chance auf männliche Nachkommenschaft. Aber was da zur Maiandacht als Maigeborene herauskommen sollte, war geschmackloser als ein Aprilscherz: Es war eine Büchse. Wieder etwas, dem etwas fehlte, dem Vater wurde kondoliert. Frischgeboren lag ich da im Bettchen, während man der Mutter Trauerkränze reichte und dem Vater frittierte Schweineschwänze. Man fragte ihn, ob er nicht mehr zusammengebracht habe, ob er, der Büchsenmacher, nicht wisse, dass Büchsen später immer Büchsen der Pandora werden. Spätestens in fünfzehn Jahren, wenn sie sich heimlich aus den Häusern schleichen, um sich Geschlechtspartner außerhalb der Familie zu suchen. So eine Büchse kann aber auch zur Waffe werden und aus nächster Nähe schießen, habe ich mir gedacht und mit meinem Opelblech gescheppert, bis den alten Männern das Gebiss klappert. Denn ein Mann ist gefährlich, bemerkte die Großmutter, solange er ein Joghurt beißen kann.

5

Sattler-Panorama

Ein halbfiktiver Landstrich, Grenzgebiet zwischen Stadt und Land, Industrie neben wuchernder Auenlandschaft, eine Nahtstelle zwischen Besiedelung und Brachland. Weiße Rinder, die beim Trinken im Sand der mäandernden Flussauen versinken, und nur ein Sprung entfernt der Schlachthof, in dem tagsüber die Fleischer ihre Viecher bolzen. Im Norden eine Grenze, ein anderes Land, Sperrgebiet. Die Randzonen scharf bewacht, die Wiesen und Böden geschändet und mit menschlichem Schlachtabfall gedüngt. Unweit davon ein Trogtal mit Schluchten, in denen es sich gut schleichen lässt. Schleich dich! Leich dich! Eich dich! Ich, ich! Das Echo neben einem tosenden Wasserfall. Zwischen den Felswänden eine immerfeuchte Klamm und eine Hängebrücke mit morschen Brettern darüber. Ein Naturschutzgebiet mit Hochmooren, Hochalmen und Weidetieren auf der sonnenüberfluteten Heide. Diffuses Licht, das über die Hügellandschaft fächert, und Bäume, deren Schatten sich strecken. Eine gletschergrüne Ache, so hell, dass sie gefroren wirkt, und ein türkiser See, so klar wie das Formaldehyd in den Vitrinen mit den Tierkadavern von Damian Hirst. Am Horizont noch immer dieselben Berge. Ihre Spitzen stechen durch das weiche Wolkentuch, reißen ein blaues Loch ins cremige Deckweiß und ragen in eine andere Welt wie zerschundene Knie aus dem Wasser. In der Ferne zu jeder Stunde ein Totengeläut, denn das Land fordert seinen Tribut. Es zeigt seine Vanitasvisage, zelebriert seine Zersetzung inmitten voller Pracht und Herrlichkeit, ein Welken und Schrumpfen, ein Dörren und Dürsten, ein Vertrocknen und Verbrennen vor lauter Heißhunger und Lebensgier. Nirgends ist das Vergehen so gegenwärtig wie im eigenen Nest. Dort, wo wir die größte Schönheit erfahren, schmerzt es am stärksten, dort möchte man seine Sterblichkeit in Grund und Boden stampfen.

Dort, inmitten dieser Landschaft aus Trugbild und Erinnerung, wachsen Menschen heran, Halbwüchsige, Verwilderte, die unentwegt auf der Suche sind, aber nichts finden, die auf dem Weg sind und nirgends ankommen. Sie passen nirgends hin und nirgends hinein, es ist ihnen zuwider, sich einzufügen und unterzuordnen. Sie fretten sich durchs Leben, rein um des Überlebens willen. All ihre Wege sind Abstecher oder Absacker. Alles, was geschieht, geschieht mit Inbrunst. Ihre Namen sind nichts Neues, also tragen sie die Namen der Tiere, im Grunde aber sind sie Rekruten eines Kampfes, der längst verloren ist.

Ihr Territorium ist der Wald, sie sind Räuber und anthropomorphe Ruinen. Ein grüner Laubwald, schnalzendes Grün, das einem beim Anblick aus den eigenen Augen moost. Sie ziehen sich ins Unkultivierte zurück, bäumen sich auf, um sich im Widerstand zu üben. Sie sind Krawallbrüder, Verbündete und Gefährten, Landstreicher und Vagabunden, Unruhestifter und Ruhestörer. Ihre Heimat ist das letzte Loch, aus dem sie pfeifen, und sie pfeifen auf alles, und zwar aus ihren Lungen. Weil sie nie eine Wahl hatten, wählen sie Gewalt. Ihre Urwahl ist der Urwald, ihre Sprache ist ungewählt, ungehobelt, Wörter wie Späne. Sie plündern und erobern, sie tischen auf und zetteln an, sie untergraben und übertreiben, bekämpfen alles, was ihnen nicht zu Gesicht steht, sie schleppen ab und tauchen unter. Sie reden davon abzuhauen, zu verschwinden, weit weg in eine Metropole. Die nahgelegene Stadt ist zwar eine Hauptstadt, aber keine Großstadt, zu klein, um sich einnisten zu können, ohne dass ihre Versuche, Eier zu legen, als Kopfgeburten enttarnt würden. Sie reden davon, auszubrechen und irgendwo anders Fuß zu fassen, aber es bleibt bei halbherzigen Versuchen, weil sie den Schritt nicht wagen. Zu fest hängen sie an den Nabelschnüren ihres Stammbaums, zu eng sind die Fußfesseln, dass sie sich immer in die eigenen Nesseln setzen, die ihnen ein Versteck, aber keine Behausung bieten. Schon die eigenen Väter und Mütter waren nicht zugehörig, keiner ihrer Stammbäume hat es zum Stammtisch gebracht. Sie treten alle immer auf derselben Stelle, sind Gefangene ihrer Herkunft, wenn sie irgendwann ihren spärlichen Lebensproviant in ein Tuch packen, alles an einen Stock binden und aufbrechen wie Hans im Glück. Hauptsache weit weg, Hauptsache Reißaus, weg von den Dämonen des Dorfes, von den Weilern und Rotten, von dem Landstrich, auf dem man landet, wenn man hier wohnt, bevor man selbst verrottet.

Und ich? Ich befinde mich mittendrin und bin nichts weiter als die Berichtbestatterin meiner Gegenwart. Das frische Blut in meinen Adern sei der rote Faden in meinen Geschichten und die Röte in eurem Gesicht. Mehr als ums Überleben, die Welkwehmut und den Existierzorn geht es nicht. Und wem der Sinn nach etwas anderem steht, der erblinde an diesem Text, der verschlucke sich an seiner eigenen Zunge, der erhänge sich am fehlenden Handlungsstrang und folge in gerader Linie dem kurzen Prozess von Leben und Tod.

6

Nighthawks

Die Berge und ein Fleckerlteppich aus Feldern und Wiesen liegen vor uns, ein Kinderleben hinter uns. Wir sehen die Flächen als schmale Streifen in verschiedenen Farben, denn niemand eröffnet uns die Welt von oben. Wir begreifen, wie sehr sich die Leute abrackern, wie sehr sie sich schinden, ihr Land aufzuteilen, es durch Wege und Wildsträucher zu begrenzen, um Orientierung zu schaffen, für sich, für ihre Vorfahren und Nachkommen. Die Abendsonne stichelt goldgelb in die Alpensavanne. Schwere Schatten lecken über Hügel aus Ährengold, als würde das Land mit Erdöl geflutet. Karawanen von Heuwägen holpern zu den Höfen, der Weizen wird eingebracht, wir bleiben zurück. Schauen zu aus der Ferne und sind mitten im Geschehen. Anonyme Allergiker, die frische Bergluft fressen, sensibilisiert für das Leben am Rand. Die Farben des Sommers blenden unsere Herkunft aus. Das halbe Feld ist abgemäht, nur die Spreu spreizt sich noch ein wenig gegen das Heer aus Halmsoldaten, während eine warme Brise über die Kronen der Kornblumen streicht. Beim Dreschen bleiben immer blaue Flecken zurück. Wir liegen auf dem Rücken, unsere Knie aufgestellt, die Hände vor dem Gesicht zu einem Fernrohr geformt. Schwalben erhöhen den Himmel, Heuschrecken schnalzen in die Luft. Einer fährt dem anderen mit dem Zeigefinger über den nackten Oberarm, zieht eine Spur auf der staubigen Haut. »Aus Spreu kann man den Staub nicht vertreiben«, sagt einer zum anderen. Wir hoffen und harren, sprechen Parolen im Chor: *Wo, wenn nicht hier? Wer, wenn nicht wir? Wann, wenn nicht jetzt?* Niemand schämt sich in Grund und Boden. Nichts ist gegen uns gewachsen, wir sind gemeinsam allein. Packen die würzigen Trockenblumen beim Kragen, zerdrücken das drüsige Springkraut, strecken die Hände nacheinander aus und riechen an dem süßlich ranzigen Schmauchspuraroma. Grillen zirpen, langsam wird es mild. Nur wir sind kalt und traktieren diejenigen, die wir als lau empfinden. Sobald es graut, schwärmen wir aus. Nennen uns wie Schmetterlinge, Nachtschwärmer fürchten sich vor nichts, vor allem nicht vor dem Unbekannten. Wir sind ein Haufen Nichtiger, Entwurzelte, Vagabunden, die sich an abschüssige Hänge wagen. Je tiefer der Abgrund, der sich auftut, desto lieber. Wir sind abtrünnig, wir sind die, die man abzuholen vergessen hat. Die, die man nicht zu Festen einlädt, obwohl wir sie feiern, wie sie fallen, und überall dort, wo wir hinfallen. Wir hängen an Ästen und hangeln uns in die Nacht, lassen uns fallen wie reife

Früchtchen. Wir brechen uns die Knochen, nicht aber unseren Willen. Wir brechen auf, wir sind immer am Sprung. Wir schwanken auf Strohballen, nennen sie wegen ihrer jämmerlichen Einsamkeit Strohwitwer, denn sie erinnern uns an die vielen ledigen Männer in ihrer Endlifecrisis, die sich in vergammelte Neubauten zurückziehen, um den fehlenden Abstand zu ihren alkoholkranken Eltern zu vergrößern, die im Nebengebäude hausen, das eigentlich das Haupthaus ist. Wir laufen bloßfüßig über abgeerntete Maisfelder, bis wir bluten, doch wir tragen harte Bandagen. Wir singen *Oh, du lieber Augustin* und grölen durch finstre Gassen. Wir sind Siechknechte und Schnapsleichen, reichen uns Ethanol in leuchtenden Farben, *alles ist hin*. Wir schleichen uns in verbotenes Terrain und markieren unsere Reviere mit billigem Fusel. *Geld ist weg* sprühen wir mit rotem Lack auf die Fassade der Bankfiliale und *Pestgrube* auf die Hinterseite. »Und wenn aber einer kommt?«, fragt der Schwarze Apollo. »Dann laufen wir nicht davon«, brüllen wir im Chor. Der Schwarze Apollo hat sich in meinen Haaren verfangen, die so schwarz sind, dass sie die Dunkelheit verschluckt. In den Randbezirken der Stadt gehen wir vor die Hunde, im Speckgürtel kläffen wir wie Straßenköter mit klaffenden Wunden. Unser Bus speit Gift und Galle, stößt uns seinen rußschwarzen Auspuffatem ins Gesicht. Die Motoren unserer Mopeds beißen in die dunkle Industriewildnis zwischen Stadt und Land. Scheinwerfer durchlöchern die Nacht. Wir sitzen hintereinander, übereinander, aufeinander und rudeln ungebremst von einem Ort zum nächsten, ohne lange zu verweilen, wenn nicht dauernd was passiert. Damit was passiert, klettern wir auf einer Leiter über eine Mauer ins abgesperrte Gelände des Schlachthofs. Vereinzelt hat man Vieh auf die lange Schlachtbank geschoben, bevor man den Feierabend begonnen hat. Wir verschwinden im Inneren des Fleischpalasts und frösteln uns durch Kühlkammern. Das gestreifte Kunstfell über die Ohren gezogen, schlüpfe ich mit halbnackten Beinen zwischen hängenden Kuhkadavern hindurch. Manche von uns bücken sich, sodass es aussieht, als wären die Rinderhälften und Schweineviertel ihre eigenen Körper. Einer lacht laut, »Schnauze«, erwidert der andere. Doch es fehlen nicht nur die Mäuler, sondern ganze Gesichter, ganze Augenpaare, ganze Häupter. So viel Vieh, so wenig Rind. Wir halten uns an den Händen. Flachsen, Metall und Kunstlicht liegen wie Schottersteine in unseren Mägen, als wir durch die Sausteppe schreiten. Das Flachland hat viele Haken, sie hängen von der Decke herab, rotweißes Sehnenfleisch auf silbernen Saukrallen aufgespießt. »Komm auf die Schaukel, Luise«, haucht mir der Schwarze Apollo ins Ohr, aber ich heiße gar nicht Luise, und er meint nur ein Lied, nicht mich. Es stinkt nach Unbehagen, nach Ernst und Angst, als wir die Schlachtstraße hinunterflanieren. Ein Kadaver hängt neben dem anderen, an den Füßen aufgezogen, von Menschenhänden großgezogen. Die Wände weiß gefliest, an den Kacheln eingetrocknet Spuren des Gemetzels, Blut, das tagsüber im Herzrhythmus in Fontänen aus Kuhkehlen schießt. Der Admiral steigt aus dem Bauch eines imposanten Ochsen, in dem er Platz genommen hat wie in einem Hängesessel. »Heroinspaziert!«, sagt der Metzgerssohn, den der Metzgersvater, der Ox, für einen Taugenichts hält. Wir treten einen Schritt zurück, denn er hat zwei Bolzenschussgeräte in den Händen, ausgestreckt wie Taschenlampen. »Keine Angst, ich bin nicht geladen.« Abmarsch, befiehlt er dann und deutet auf ein finsteres Loch, aus dem rhythmischer Lärm dröhnt und durch das wir in den letzten Winkel des Gebäudekomplexes schlüpfen. Wir folgen brav, während das Licht den Raum zerhackt und in Scheibchen schneidet. »Budenzauber«, brüllt die Goldene Acht, und alle Jungs reißen sich die Hemden vom Leib. Wir tanzen. Wir tanzen um die Wette, und ich tanze um mein Leben. Wir tanzen dem Tod durch die Lappen, denn solange wir tanzen, passiert uns nichts. Wer in Bewegung bleibt, der bleibt am Leben. Nichts kann uns etwas anhaben, wir haben nur getragene Kleider an und schwitzen darin die Schwermut aus, bis der Dampf von der Decke tropft. Wir explodieren zu Techno und Punk, die Hände in die Höhe gestreckt, als würden wir in der Luft irgendetwas zu fassen bekommen. Doch da ist nichts, um uns anzuhalten. Wir bersten vor Widerstand, Protest und Heldenmut. Wir drehen uns ewig im Kreis, bis den anderen schwindlig wird. Unsere Köpfe rotieren gegen die Schwerkraft. Ein Planet außer Rand und

Band. Wir tanzen um die Wette, und ich tanze um mein Leben, als wäre die Musik, zu der ich tanze, mein eigenes Begräbnislied. Die Kehle trocken, mein Glas ein Stundenglas. »Ich habe mit der Muse gevögelt«, höre ich den Admiral gegen den Wind posaunen, »in der Kardinalsstellung.« Die Muse ist eine Mrs. Robinson, sie ist älter als wir. Alle hier wollen sie beschlafen, um sich mit der Tanzpest zu infizieren, und Herrgott, wie sie den beneiden, der ihr zu nahekommt! Nicht weniger, wie sie mich beneiden für die Dauerüberschreitung meiner Schmerzgrenzen. Dafür, dass ich bis zum Umfallen zerfetze. Größenwahn breitet sich in mir aus, bis in meine Fingerspitzen, wie Algen im Moorwasser, wie warmer Urin in Kinderhosen. Wir haben genug getrunken, Absinth gewinnt, Abort Himmelfahrt! Wir steigen aus dem Fenster, und ich ruiniere dabei meine neongrünen Nylons. Mindestens einer bleibt immer hängen. Ein anderer treibt Baumharz auf, um mir an die Wäsche zu gehen und die Löcher zu flicken. Ich gestatte es, aus Eitelkeit, aus Scham, weil ich fürchte, dass jemand etwas erspäht, wo nichts ist außer Laufmaschen, Knöchel und Knochen. Wir formieren uns im Kreis oberhalb einer Betontreppe und rauchen. Trotzdem stinkt es, denn in der Hitze verderben die Innereien der Tierleichen im Zeitraffer. Bevor wir selbst vergehen, geben wir nach und gehen weiter. Unbekannte begleiten uns, weil sie glauben, Godot sei mit uns. Aber Godot bleibt aus und Gott auch. Er sitzt auch nicht in der Lokalbahn, die direkt am Gelände und an uns vorbeifährt. Wir nennen den Zug *Provinzschieber*, hassen die Namen der Haltestellen, *Schlachthof, Siggerwiesen, Kurze Enden*, und die Orte dazu hassen wir noch mehr. »Jede Station hier ist eine Endstation«, schwafelt der Admiral in die schwarze Nacht. Dabei hebt er seine zerschundenen Flügel und dreht sich im Kreis, und ich nicke, denn auch mein Leben ist eine Endstation. Alles nimmt gegen das Land hin zu, die Drogen werden härter, der Alkohol stärker und die Depressionen schwerer. »Spätestens ab der Landesgrenze wird man suizidal«, fährt der Admiral fort, »darum ist sie unsere Schmerzgrenze.« Der Schwarze Apollo verdreht die Augen. Er weiß, dass sich der Admiral gern in den Vordergrund drängt, und dieser lässt sich nicht beirren: »Je tiefer du in das Land vordringst, desto klebriger werden die Böden der Tankstellenshops, desto kürzer ist der Weg zum nächsten Swingerclub und desto größer werden die Sprachfehler, hinter denen sich die Sprachlosigkeit verbirgt.« Wir fühlen uns unverwüstlich, als wir über Stein und Schiene steigen, und verewigt, als wir unsere Initialen mit Taschenmessern in die Holzschwellen ritzen. Vielleicht ist der Schwarze Apollo der Monogam, der mich eines Tages über sie hinwegträgt. Er entfernt sich ein paar Schritte, dreht mir den Rücken zu, und ich höre, wie er seinen Reißverschluss öffnet, bevor es zu plätschern beginnt. Der Schwarze Apollo ist mein Lucky Luke, wie Cowboys pisst er in die offene Prärie. Der nächste Zug nähert sich, ich springe zur Seite, Lucky fängt mich auf und fängt sich eine, weil er mich zu knapp am Busen zu fassen bekommt. Die Bahn rauscht vorbei. Niemand, der zu uns Aussteigern aussteigen will, es ist nicht unser letzter Zug. Unsere Bahn ist eine schiefe Bahn, aber sie fährt. Über unseren Köpfen blitzen die Sterne, eine Oberleitung und die Zahnspange der Goldenen Acht, der gerade auf einen Starkstrommast klettert, um dem Admiral, dem Drahtzieher unseres Himmelfahrtskommandos, mit einer Reihe von Drahtseilakten seine unbezwingbare Furchtlosigkeit zu beweisen, heiße Luftnummern eines Hochspannungsakrobaten, der sich vor fehlendem Publikum weniger scheut als davor, gegrillt zu werden. Er hakt sich mit den Kniekehlen bei der Eisenstange ein, baumelt kopfüber über uns und breitet dabei grinsend seine Arme aus. Die Reaktion bleibt nicht lange aus: »Bezwinger des elektrischen Eiffelturms!«, schreit der, dem diese Dressurnummer gilt. »Beweg deinen Artistenarsch hier runter!« Die Goldene Acht will seine Zuschauer nicht zum Staunen bringen, vielmehr einen Moment des Schreckens provozieren, in dem sie kurz glauben, selbst in Gefahr zu sein. Wir spielen mit unserem Leben, weil wir es gewohnt sind, etwas zu verlieren. Wir fühlen uns, als würden wir in der Badewanne liegen und das Wasser auslassen, als würde uns mit dem letzten Tropfen jede Restwärme abhandenkommen. Ja, unsere Bahn ist eine schiefe Bahn, die irgendwann entgleist.

7

Twenty Marilyns

Allerheiligen prangt ans Friedhofstor und eröffnet die Gatterjagd im Gräberfeld. Die Dorfasseln und ihre Ehegatterer kriechen aus ihren Nischennestern und schlüpfen durch die Eisenstäbe auf totes Terrain. Der Eiserne Vorhang gibt die Bühne frei für die alljährliche Nerzmantelshow. Prestige in der Friedhofsnische! Wer sich zeigt, der schickt sich. Was sich zeigt, das deckt sich, es deckt sich nur nicht mit dem, was hinter verschlossenen Türen geschieht. Die Pelzmäntel weiden heute in voller Pracht auf offener Prärie und schnuppern frische Grabesluft. Sie inhalieren Freiheit und atmen alten Moder aus, bevor man sie nach dem Christenfest wieder in dunkle Biedermeierzwinger sperrt, wo sie dann mit dem restlichen Schlachtabfall verrotten. Artgerecht ist hier nichts, zeitgerecht schon gar nicht, denn die Uhren im Dorf ticken anders. Langsamer, damit man jeden unter die Zeitlupe nehmen kann. Und verkehrt. Große Uhren machen t a c k t i c k und t i c k t a c k, doch hier läuten zumeist nur Kuh- und Kirchenglocken. Altvordere, ihre Ableger und deren Ableger pferchen sich um das steinige Bettgestell mit der erdigen Tuchent, in dem die Vorausgegangenen in Ewigkeit ruhen oder schmoren und schmollen, bis endlich Gras über sie gewachsen ist. Vor lauter Verwandtschaft ist alles so eng, dass man Mühe hat, die Ruhestätte nicht versehentlich mit Füßen zu treten. Es wird gerempelt und gedrängt, Bauch rein, Brust raus und das Kinn gen Himmel gestreckt. Über der Friedhofsmauer wandert eine Ameisenstraße von grünen Hüten, die Köpfe darunter bleiben hinter der Steinwand verborgen. Wer etwas sehen will, muss sich verbiegen, um dahinter zu blicken. Die Musikkapelle mit ihren zeitlosen Trauertrachten vertuscht die Gegenwart. Seit Jahrhunderten florieren sie in nahezu unveränderter Pracht, während die Träger, ihre Blüte längst verlebt, den Jungspunden der Kompanie den Marsch blasen, sofern diese nicht am nächsten Morgen, die Augen auf Halbmast, der Körper voll Most, als Rest vom Schützenfest habt acht stehen. Vor sechs Stunden schon hat die Kirchenuhr halb acht geschlagen, und die Berghex ist noch nicht da! Die Berghex ist meine Mutter, wie manch andere Hexen behaupten. Die Gräbersegnung schreitet voran und wir zur Seite, damit der Prediger nicht über gestellte Beine stolpert. *Wir* meint eine zerrüttete Großfamilie mit den üblichen Verdächtigen und allem, was dazugehört, jung, alt, verschwistert, verschwägert, geschwängert, zerstritten, geschieden und hinscheidend, die sich einmal im Jahr selbst zu Grabe trägt und Stiefmütterchen pflanzt, um die Kinder der Toten zu provozieren. Diese Familie tanzt auf vielen Begräbnissen gleichzeitig, nur jetzt stehen alle gemeinsam am selben Vorort. Doch eigentlich ist man schon weit weg und schweift ab. Schwänzchen in die Höh', Köpfchen in den Sand. So heißt es bei uns am Land, wenn man überleben will. Und ich will überleben, noch, deswegen mache ich mich schnell vom Leichenacker.

In unserer ofenwarmen Stube schwatzen Twenty Marilyns in zuckerlbunten Kleidern über alles, was nicht niet- und nagelfest ist. Großtanten, Gefaselbasen, falsche Großmütter und andere Zirkuspferde tummeln sich um den Tisch und zelebrieren den letzten Abendtratsch. Der jüngste Eklat ist der letzte Schrei. Man trinkt Schwadronade, serviert tiefschwarzen Kaffeeklatsch ohne Milch und Zucker, dafür brühwarm, und schenkt allen Abwesenden reinen Wein ein. Es herrscht reges Treiben, die Männer glänzen mit Abwesenheit oder glotzen am Nebenschauplatz in die Kiste. Es geht zu wie am Bazar, man handelt mit Halbwahrheiten und feilscht mit Plunder. Dazu gibt es Allerheiligenstriezel mit Hagelzucker, nur für die Fratzen ohne. Ich ernte das nackte Milchbrot, weil ich schon wieder hinausgrase, leischen gehe, über unsere eigenen neun Hektar hinaus. »Liebe vergeht, Hektar besteht«, kommentieren die Klatschtanten im stilsicheren Landkostüm, der Skandaltracht, und beanstanden meine zerschlissene Garderobe, eine Kombination aus Rabenschwarz und Rauchschwarz. Außerdem solle man den Toten ihre Ruhe gönnen und sich besinnen, statt auf den Putz zu hauen, schimpfen sie beleidigt. »Fresst, Wölfe, und werdet einträchtig!«, würde ich der Mutter und ihren Taranteltrutschen gerne in ihre Pomadengesichter schreien, damit ihre Zwietracht darüber vergeht, dass sie zu früh trächtig wurden, weshalb sie ihren Töchtern aus Neid auf die noch unversaute Jugend und Jungfernschaft jedes Liebesabenteuer missgönnen. Schon schwelgen die gebenedeiten Tratschweiber wieder in alten Geschichten und zerreißen sich die zuckrigen Schlemmermäuler über diejenigen, denen es noch schlechter geht als ihnen. Ach, wie schön ist es, das eigene Leben mit dem Leid der anderen aufzuwerten! Geteiltes Leid ist halbes Leben und doppeltes Leid halb gewonnen. Da werden ganze Biografien zerkleinert, Begrabene werden exhumiert, Überlebende werden bestattet, Verlebtes wird mit den Füßen umgedreht wie totes Getier. Die Auferstehung wird entmystifiziert. Letzte Geheimnisse werden ans Licht gezerrt, Letzte Willen diktiert, Treueschwüre gebrochen, Gräben aufgerissen. Nichts bleibt verborgen. Ihr größtes Fest ist es, Leute auszurichten. Wo gelästert wird, stoßen Laster zusammen. Ein Frontalzusammenstoß der Sünden. Bei uns im Dorf ist der Landarzt von seiner Schweigepflicht entbunden, das Bankgeheimnis wird gehandhabt wie das Beichtgeheimnis und schwankt nach Gutdünken,

Good Will oder God Will, je nachdem, wie oft man sich auf den heißen Stuhl des Pfarrers manövriert. Nichts, rein gar nichts nimmt man mit ins Grab, was nicht vorher von den Dorfeseln zerackert und zerpflückt wurde.

So wundert es mich nicht, dass jetzt der alte Schornsteinfeger an der Reihe ist, der seinen Beruf aufgrund seiner Körpermasse nicht mehr ausüben konnte, nachdem er einmal böse im Kamin stecken geblieben war. Seine Ehefrau ist gestorben und wurde vor drei Tagen im besten Kirchengewand feierlich begraben. »Vom Feger gibt's Geschichten so zahlreich wie Eier aus Legebatterien«, weiß die Mutter, und den Frauen läuft schon der Speichel im Mund zusammen. Der Feger ist ein Unikum, ein Fettnapftreter, ein Sonderling. »Die beiden haben im Friedhofshaus gewohnt. Ihr Garten war die Leichenwiese, auf die sie Tag für Tag von ihrem Balkon hinabgespäht haben«, meint die Mutter. »Die beiden passten zueinander wie Augenaufschlag und Tennisball. Sie teilten ihre größte Leidenschaft, die gleichzeitig ihr größtes Laster war: Alkohol. Gebrannt haben sie dafür, auch illegal. Manchmal haben sie sich geprügelt, so sehr haben sie sich geliebt«, erzählt die Mutter voller Neid. »Und dann?«, fragen die alten Schachteln gierig und einfältig wie Karton. »Die Schwerkraft hat sie entzweit«, fährt die Mutter fort. »Ihr geliebter Balkon brach irgendwann unter dem Gewicht zusammen.« Dabei setzt die Mutter gekonnt ihre Mitleidsmimik auf und ein, doch in ihren Mundwinkeln kann ich sehen, dass sie sich die Sensationslust verkneift. Die Großmuhmen lassen sich täuschen, aber das eigene Kind nicht. »Sie hat sich also das Genick abgeschlagen?«, will die Jüngste wissen, deren Begierde noch immer nicht gestillt ist. »So in der Art«, meint die Mutter, schwankt, wiegt den Kopf hin und her und schürzt ihre Lippen. »Und wieso ist dem Feger nichts passiert?«, verlangt nun auch die Älteste zu erfahren. Jetzt erst seufzt die Mutter wohlgemut: »Na, weil der auf seiner Ehefrau gelandet ist.« Ein beachtliches Raunen schwingt durch die Runde, vorgehaltene Hände simulieren Anteilnahme und verbergen das schäbige Grinsen in ihren Gesichtern. Ein Happening der Heuchelei mit Happy End. Doch die Mutter würzt die Suppe noch ein bisschen nach: Der Feger saß nun trauernd, aber auch ein wenig erleichtert auf seiner Frau, und als mehrere Mann die zermahlene Gemahlin in den Sarg hievten, bedauerte er nicht nur ihren letzten Absturz, sondern auch dass er nüchtern geschah, ohne Wegzehrung.

8

Hexenküche

Drinnen ist die Luft giftig wie der grüne Schimmel an unseren Wänden. Die undichten Fenster beschlagen, weil sie sich genieren, für das, was in der Stube passiert. Die Gänse schnattern wieder. Weit reißen sie ihre Schnäbel auf, stochern damit in fremdem Müll und kriegen den Hals nicht voll. Für die Opfer ihrer Verleumdungskampagnen gilt keine Unschuldsvermutung, sie werden lebendig gerupft. Als selbsternannte Gerechtigkeitsgöttinnen tragen sie Operngläser anstatt Augenbinden, denn das Recht ist immer auf ihrer Seite. Die schweren Mauern schwitzen, ihr kalter Schweiß hinterlässt große feuchte Flecken an der Wand. »Spuck's aus!« Sie verlangen zu erfahren, mit wem ich verabredet bin. Sie schimpfen über mich und schauen mich dabei nicht einmal an.

»Was ihr wieder einfällt?!«, sagen sie, weil sie finden, dass ich der Mutter keinen Respekt zolle, wie es sich geziemt. »Zieh nicht so einen Fotz!«, ermahnen sie mich und schütteln ihre Häupter. Sie zetern, doch zum Zittern bringen sie mich nicht. Ich hole kurz zum Gegenschlag aus, schiele nach dem Schürhaken neben dem Holzofen, mit dem mühelos ein Scheitel durch ihre gefärbten Glutnester gezogen wäre, während ein eiserner Ellbogen spielend über ihr Zahnklavier führe und ihnen alle weißen Keramikhauer aus ihrer Verankerung schlüge. »Ihr mit euren Palliativgesichtern!«, schreie ich. »Eine Grattage könnte man daraus fabrizieren, eine Schicht nach der anderen mit dem Stecheisen abkratzen, eine Horrorgeschichte nach der anderen mit dem Beitel freilegen, ihr, mit euren scharfen Franzbranntweinen, euren Seppen und den Seppukus, die sie euretwegen begehen. Ihr seid die Grantscherben, mit denen sich andere die Pulsadern aufritzen, der Prototyp jeder Perchtenmaske, so herz- und hirndeformiert, dass ein jeder Ziegenbock Reißaus nimmt. Euer Leben ist doch längst verjährt, ihr Nichtsdahinter! Du bigotte Brunzhilde, die du dich unterm Herrgottswinkel verkriechst, während du dich am Niedergang der anderen ergötzt! Du erhabene Josefeine, die du die anderen nur überragst, weil sie ständig ihre Köpfe zusammenstecken! Du neunmalkluge Adelgscheit, die du deine rheumatischen Gedanken mit geflochtenen Zöpfen garnierst! Du unheilbringende Trethermine, die du mit deinem Fensterblick auf moralische Fehltritte lauerst! Du selbstgerechte Ährenfriede, du aufschäumende Gärlinde! Du hochmütige Heil- und Hildetrutsch! Du unbeugsame Dickschädelgard, beispiellose Dorfdenunziantin!

Du militante Möchtegerda, du scheinheilige Bescheidelinde, die du heimlich die Speis leer frisst, sobald die anderen schlafen gehen! Du Reliktresi, Retterin der Übriggebliebenen, die du mit allen Resten vorliebnimmst! Du Suhltraud, Siechtrude und Leidelinde. Du spielverderbender Gertrudhahn, du dauernörgelnde Störenfrieda, du heimliche Ingrind und Ingrant! Du schauspielernde Keinewahltraud, du Edeltraumichnicht, du hodenlose Hitlerike!«

Bevor sich ihre offenstehenden Höllenschlunde wieder schließen, bevor sich der Neid nährt, schleiche ich durch die Hintertür ins Freie. Draußen ist die Luft wieder rein und atemblau. Voll von dem Sauerstoff der bewaldeten Berge und Hügel, die uns und unser Fleckchen Erde umgeben wie der Lorbeerkranz den Kopf eines Siegers. Nach vorne hin ist alles offen, nach oben hin viel Luft. Zu meinen Füßen liegt das Tal, links vom Kirchturm die Stadt wie ein Meer, das ausläuft. Dahinter der See, den man Meer nennt, weil er so groß ist, dass kein Blick ans andere Ufer reicht. Und rechts davon der Milchwald und seine schwarze Wolfsschlucht.

Die Räuber fallen ein. Der Admiral steckt vier Finger in den Mund, pfeift, und schon strömen sie von allen Seiten zusammen, grölen, jauchzen, werfen mich über ihre Schultern wie einen Sack Mehl. Sie tragen mich auf ihren Händen und gewähren mir eine gute Fernsicht über unser Land. Vor uns ist das Gras grün, hinter uns verdorrt. Wir streifen durch Farnfelder, scheuchen Fasane auf, heften uns deren Federn hinters Ohr. Innerlich sind wir längst emigriert, doch wir brechen auf, um nirgendwo anzukommen. Immer in Bewegung, immer auf Achse, Achselhöhle an Achselhöhle, Kameraden nennen wir uns. Wir schießen mit falschen Pistolen, im Schwarzkiefernwald üben wir unsere Treffsicherheit. »Ich bin der Erlkönig«, posaunt der Admiral über alle Schluchten, und das Echo gibt ihm Recht: »Du bist der Erlkönig!« – »Feige Sau!«, schreit er zurück und ist beleidigt, dass ihm niemand widerspricht.

Wir grölen durchs Gehölz. Wir saugen an unseren Kippen, kauen an unseren Fingernägeln und tragen Nester im Haar. Niemand will ein Held im Hain sein. Wir begnügen uns damit, davonzukommen. Unser Aussehen ist nebensächlich, unsere Augen stechend. Unsere gesamte Existenz ist hypothetisch, zumindest glauben wir das. Und unser Glaube ein wenig knapp. Wir sind aus der Luft gegriffen, unsere Charaktere ausgemalt. Unsere Herzen abstrakt und unsere Gedanken nur gedacht. Wir wissen nichts, aber eines mit Sicherheit: Unsere Kinder werden Niemals, Nie und Keiner heißen. Wir hausen am Waldrand und fristen unser Dasein, bis es uns frisst. Die Dächer unserer Hütten moosen, die Decken sind tief und drücken, doch wir bücken uns nicht. Niemand zwingt uns in die Knie. Der Wald hat sich uns einverleibt. Unsere Knochen knacken wie Holz, sie sind Äste. Wir sind der Wald und bleiben am Boden, dort, wo wir hingehören.

Wir haben das Fallen vor dem Fliegen gelernt. Wir tragen Jahresringe unter den Augen. Unsere Gräber sind Schluchten, unsere Mägen flau, die Beine rastlos, wir sind auf der Suche nach der nächsten Sensation.

Ein leichter Sommerregen schwemmt den Straßen die Schwermut aus, überall riecht es nach dampfendem Gestein, nach Petrichor, ein Duft, in dem der frische Atem beginnender Ferien liegt. Ein eminentes Aroma, der Geruch nach dem Schweiß der Erde, nach ihrem Gesicht, ihrer Geschichte, ihrer Archäologie. Ich stelle mir vor, wie es hier in der Eiszeit, im Holozän oder Paläolithikum ausgesehen haben muss, in einem vom Dauerüberlebenskampf dominierten Dasein in einer Höllenangst vor Höhlenbären, Krankheiten und Naturkatastrophen, in einem eingefleischten Glauben an irgendeine Art Fortbestand über den Tod hinaus. Ich sehe Mammuts in großen Kolonien an uns vorbeimarschieren, aus Erlenbruchwäldern hervorbrechen, und werde Zeuge eines Kniefalls der Natur, die sich vor ihrem mächtigen Aufritt, ihrem letzten Aufbäumen verbeugt. Kiefern, Fichten und Birken gehen zu Boden wie Leichtgewichte, liegen ihnen zu Füßen und bringen schweres Gebein ins Rollen. Es herrscht Panik in der Botanik, wenn die heimatlichen Herrscher in Erscheinung treten, hält die Luft still und der Äther an, eine anaerobe Demutsgebärde, denn das Land scheut sich schon vor der Bergung dieser zottigen Wucht, das Schachmatt eines Schwergewichts ist mit nichts zu kompensieren, wenn sich Giganten die Knochen brechen, bricht alles zusammen, steht niemand mehr auf, hält die Welt nicht mehr stand. Wenn ein Koloss verkommt, wird sein Untergang mit Schall kommentiert, so höre ich jetzt, wie sich ein dunkler Ton aus tiefen Torfschichten schält, massiv, wollig und satt, ein Ton, der herankriecht, sich häutet und wieder in den Ackerboden eingräbt, ihn aufschürft wie ein Pflug, während sich Niedergang und Neige über das Land senken, ein mächtiger Laut, der klingt wie die akustische Ankündigung eines Antichristen, die Phonetik eines unbezwingbaren Widersachers, als kratzte sich der Teufel die eigenen Ohren wund. Ich sehe, wie die zottigen Titanen im Sumpf versinken, wie sich der Abgesang in ihre Knochen frisst, sie durchlöchert, wie der Todesmarsch, der ihnen geblasen wird, sie mit jedem Schritt schwerfälliger werden lässt, bis sich ihre massigen Körper ins weiche Moor betten, um ein paar tausend Jahre später von uns freigelegt zu werden. Aus der Erde ragen Wollhaarnester, die mich an den Schopf meines Vaters erinnern. Ich stelle mir vor, wie dereinst die letzten Menschen versumpfen werden, von Moor und Morast konserviert und in ihrer Ursprungsform erhalten. Niemand wird uns dann ansehnlich finden, wie wir heute Wollnashörner ansehnlich finden. Uns fehlt das Fell, ein äußeres Attribut, das auf einen weichen Charakter schließen lässt. Ich wundere mich, dass wir keine Schuppen tragen und nicht giftig sind. Auf den ersten Blick.

Am Parkplatz schneide ich mir die Haare, rasiere sie auf der Südhalbkugel bis zum Äquator, das Deckhaar fällt wie ein schwarzer Vorhang darüber und verdeckt den nackten Schrecken für alle Erwachsenen. An dem einen Haarbüschel zündle ich, das andere vergrabe ich in einem kleinen Erdloch für künftige Paläontologen und meinen späteren Ehemann, einen begnadeten Molekularbiologen, der mich von den Toten wiederauferstehen lässt und sich dann in mich verliebt. Bevor wir uns gegenseitig ausrotten, rotten wir uns zusammen. Ich singe *Lucy in the Sky will die,* korrigiere mich, *will never die,* und alle stimmen ein in einen Refrain, den ich einst falsch verstanden habe. Einmal fragt mich der küssende Käsereierbe, was ich in meinem Leben zu erreichen gedenke, doch mir fällt dazu nichts ein. Ich fühle mich ertappt, ohne Daseinsberechtigung bei der Diesseitsbemächtigung, aufgeflogen und beim Dahinvegetieren erwischt. Er, der Erbe des Käsehofimperiums, habe jedenfalls nicht vor, in diesem Loch zu verkommen. Er wolle keine Frau, die nicht weiß, wo sie steht und wo sie hinwill, vielleicht gar nicht weit hinaus, vielleicht gar in die immer entgegengesetzte Himmelsrichtung, aber nie hinauf, und ich denke, einer, der sich, wenn es hart auf hart kommt, in sein Käseloch verkriecht, hat gut reden und gut essen ein Leben lang.

9

Don Juan d'Austria

Wir treten das Paradies, das uns zu Füßen liegt, mit ebendiesen, weil wir keine andere Wahl haben, als mit dem Fersensporn in die Fußstapfen unserer Eltern zu treten. Ihre Schuhe sind uns zu eng, so eng wie ihre Vierkantbauernhöfe, ihre Rindviehvillen, in denen sie sich an jeder Ecke die Kante geben und auf den Putz hauen, hinter dem dann auch nur eine weitere Schimmelschicht schimmert, die man mit dem Brett vorm Kopf nicht sieht, nur riecht.

Im Heurigen sitzen heute wieder die Gestrigen und gären vor sich hin wie der Most vor ihren Bäuchen. Es blubbert, zischt und schäumt und zwischen ihren Beinen, dicht hinter der gesäumten Unterhose, da steppt der Bär, da saftelt es mindestens genauso wie im gerippten Glas vor ihnen. Sie zeigen den jungen Dirndln, wo sich der Barthel den Most runterholt, sie packen aus und parken ein, die breitbeinige Kellnerin heißt nicht umsonst Bedienung, und hier am Land herrscht Selbstbedienung, Bedienung ohne Bedingung, ein bisschen Hingabe möchte man sich ausbedingen, eine kleine Willkommensgeste, die wohl im Coperto inkludiert sei. Ein Antasten und Zugreifen habe noch niemandem geschadet, eine Hand mehr oder weniger mache das gekräuselte Kraut nicht fett. Im Handumdrehen sind sie zur Stelle, sollte etwas mit dem ersehnten Plopp aus duftenden Blusen stürzen, was die Schwerkraft bei jeder Verbeugung provoziert. Jeder hängt sich noch an ein Körbchen dran, bevor ihm die Luft ausgeht, am liebsten an diejenigen, die noch nicht unter der Haube sind. Ihre von Permafrost erstarrten Lenden gieren nach heißer Himbeerliebe. Also: »Zugriff!«, schreien sie, solange der Sauerstoff reicht und es das Zuckerherz noch macht. Bumbum! Sie schwappen über. Die Katze lässt das Mausen nicht, der Manne lässt das Schmausen nicht. Sie langen zu, wo sich was auftut, solange man im Saft steht, gibt es etwas zum Pressen. Im Augenwinkel sehe ich: Aus dem Hinterhalt drängt des Sitzenbleibers *Banana Joe* gegen die Schenkel der unbedarften *Calippo*, und während er sich zwischen ihre *Twinni*-Beine zwängt, rutscht ihr die Hand aus, woraufhin er ruckzuck zum Rückzug drängt und die Auserkorene in ihrer Rage zu beschwichtigen versucht. Erstens habe er sie nicht angeschwängert, und verschwägert seien sie zweitens auch nicht. Er, der dorfbekannte Schwinger, habe angenommen, sie befänden sich in seinem Revier, und da ist niemand vor seinen Avancen reserviert. Außerdem hat die Mostbirne zu tief ins Glas geschaut, deshalb verzieht sich die Schnapsschleiche jetzt aufs stille Örtchen, um eine noble Samenspende im Seifenspender zu hinterlassen. »Hohlhippe«, schimpft er noch über die grantige Prinzessin und nennt den Disput eine Haarspalterei, während man auf den leeren Tellern der Bierdimpfl und Lustmolche freilich schon die nächsten Schmankerl serviert. Sardinen, Sardellen, Rollmöpse. Russen mit Zwiebel, schuppige Leckerlappen mit Schwanz, aber ohne Kopf. Schmalz und Schweinskopfsülze. Alles wird abgetastet und angefingert, altes Verhackert verhökert. Grammelknödel mit Gammelfleisch. Blutwurst und Sauerkraut. Geselchtes und Bradlfett. Mit ihren Fühlern fahren sie ins Fingerfood, sie angeln und fangen. Hauptsache geschmort, gebraten oder paniert, die Männer sind ausgehungert und abgebrüht. Sie greifen aus, nicht ein, das hat sich am Land so bewährt, das sei Kulturgut, Brauch und Tradition.

Nur wir schreiten ein. Wo immer wir Frauenfänger und Schwerenöter aufspüren, zücken wir unsere Waffen noch in den Wirren. Noch bevor ein anderer dumm aus der Wäsche schaut, schauen wir nicht länger zu. Als ich bemerke, dass der Grapscher sich und seine Griffel nicht im Griff hat, greife ich kurzerhand zur Armscheide und zücke den Zacken, ziele unterhalb seines Zinkens. Das Wurfmesser schnalzt dem Sittenstrolch ins Unterbein, dass der alte Sack unter dem Applaus des Admirals zusammensackt. Don Johann schreit, brüllt, röhrt wie ein Elch auf der Schlachtbank. Schwindlig rudert er seine Rübe im Kreis und steuert auf mich zu wie ein Stier, angestochen und aufgestachelt, abgestumpft und angezwitschert. »Luder!«, schreit er mir entgegen. »Schlampen, gschlamperte! Ich bring dich um!« Doch die Räuber stellen sich ihm in den Weg, und er prallt gegen ihre Fäuste: Der Falstaff fällt. Falott!

Am Parkplatz spucken wir um die Wette, während wir das Panorama genießen. Wir kurbeln die Fenster unserer Karre hinunter und ballern mit Farbpatronen gegen Hauswände. Manche Anrainer schießen mit Luftdruckpistolen zurück, aber niemand trifft uns dort, wo es uns wirklich wehtut. Wir strecken unsere Hälse ins Freie, das Nass kühlt unsere überhitzten Schädel wie die aufgeheizten Felsen am Straßenrand. Wenn der Regen auf den schwitzenden Asphalt und das verbrannte, staubige Land fällt, zischt es wie nach dem Aufguss bei meinem letzten Saunabesuch, als mein Kunstlehrer sich nackt neben mich setzte, bevor er mit ätherischen Ölen aufgoss und mit Handtuch und Penis die Luft zum Kochen brachte, dass selbst die Hartgesottenen keuchend nach draußen stürzten. Die Schwitzbude schmatzte vor Schweiß, und alle drohten zu ersticken, nur ich war verdattert: Die Bubenpenisse der alten Männer erinnerten an Schrimps, während ihre Hoden mächtig auf das blanke Holz klatschten und aussahen, als hätte man sie ein Leben lang mit Gewichten beschwert. Doch hier beschwert mich nichts, auch nicht die Dinge, die man uns anhängt.

Meine Beine sind nackt, schwarze Lederschuhe mit gelben Nähten, oben wenig Stoff, dazwischen Beinfreiheit. Mein Körper hat sich verändert, Auswüchse oben, Einwüchse unten, durchwachsen überall. Die Pubertät stellt Weichen und verbiegt den Strich, der ich immer gewesen bin. Ich stehe auf Kriegsfuß mit Leib und Leben, also habe ich meinen Körper von Kindheit an ausgezogen. Ich habe ihn ausgestreift und abgelegt. Die Mädchen aus der Schule mit ihren daumenbreiten Oberweiten beneiden mich um meine Brüste, die ich mit Scham trage, als hätte ich ein Ziegeneuter im Gesicht. Die Einlagen, die mir der Orthopäde wegen meiner Skoliose verschreibt, trage ich nicht, weil mich allein der Ausdruck beschämt. Den Buckel trage ich, weil ich meine schweren Brüste verbergen will. Und den BH trage ich nicht, weil ich hoffe, dass alles, was man mit Nichtachtung straft, irgendwann von allein verschwindet.

Der Physiotherapeut quält mich, zwingt mich in die Kniebeuge, faltet mich über den grünen Gymnastikball, ein Zirkusaffe trainiert Rückenmuskulatur und Gehorsam, renkt sich die verbogene Ranke zurecht und geniert sich in Grund und Boden, weil seine Deformation die Lasten der Herkunft verrät. Mein Milieu ist ein Malheur. Und mein Überleben ein waghalsiges Manöver. Der Buckelbieger schenkt meinem Jammer nicht viel Beachtung, jede Verformung sei nur eine Vorform. »Aufrichten und einrenken!«, hält er dagegen, da helfe nur trainieren. »Ja, Herr Bergdoktor«, sage ich brav, aber dass ich mit meinem Buckel gut durchs Leben komme, weil ich für niemanden mehr geradestehen muss. Jedenfalls werden Schwerstversehrte wie ich mit dem Medizinball in Schuss gebracht und auf Biegen und Brechen geschröpft. Und während er sein Gerede mit scharfen Würfen untermauert, rutscht mein Busen aus dem blauen Spitzen-BH, ploppt hervor wie eine böse Kinderüberraschung.

Mit den Händen bedecke ich das obszöne Desaster. Ich sehe mich jäh in unsere alte Bauernküche zurückversetzt, in eine vergangene Zeit geschleudert, als mir der mürrische Mann mit dem Knickohr, der bei uns ein und aus ging und mich allein deshalb hasste, weil ich ein Kind war, durch einen Zeigefingerlockruf zu verstehen gab, ich möge an ihn herantreten. Ich folgte widerwillig, mein Maul in Alarmbereitschaft, Kehlkopf und Gesichtsmuskeln in den Startlöchern, das Gehirn präpariert, der restliche Bewegungsapparat gestoppt beim ersten Schritt. Noch bevor ich zu einem verbalen Gegenschlag ausholen konnte, hielt er mir einen weißen Zettel an die Brust, schraffierte mit einem Bleistift darüber und sprach von einem Zaubertrick, weil bereits nach kurzer Zeit die Umrisse meiner Brustwarzen auf dem weißen Blatt sichtbar wurden und sich abzeichneten wie auf einem Pauspapier. Er lachte dünn und dämlich und hielt die Frottage meiner Trümmerfraktur im Triumph in die Luft und als Beweis in den Händen. Es war eine Geste der Erniedrigung, die Duckmaus unterm Deckmantel war bis auf die Knochen entblößt und gänzlich blamiert, abgepaust und abfrottiert. Ich, das Resultat meiner Frakturen, das Fresko einer Trümmerfraktur.

Ich packe mich und mein anhängiges Fettgewebe zusammen und verlasse die Praxis des Physiotherapeuten. Zurück bleibt ein Fragezeichen, das sich Skoliose nennt. Am nächsten Tag ist meine Unterhose von gestocktem Blut durchtränkt. Die Mutter wird mich später zwingen, die frisch gewaschenen und dreckig gebliebenen Periodenunterhosen in der Sonne neben den unbefleckten Buschwindröschen im Frühlingsdunst aufzuhängen, vor dem Haus, direkt neben der Straße, auf der die Nachbarn und die Einwohner der Nachbargemeinden auf allen möglichen Gefährten vorbeischleichen, um meine Privatsphäre, die sich da so plakativ über die Wäscheleine beugt, zu inspizieren. Ich verwende auch künftig keine Binden, weil sie mich an die Windeln der Urgroßmutter erinnern, und ich verzichte auf Tampons, weil ich Angst habe, sie in mir zu verlieren. Stattdessen falte ich überall verfügbares Klopapier, um mir daraus einen Auslaufschutz, eine Staumauer zu bauen.

Heute läuft da unten nichts aus, aber sonst alles aus dem Ruder. Wir klettern über den Zaun ins abgesperrte Erdbeerland und fressen die Früchte vom Feld, über deren Bartstoppeln wir gehörig lachen. Wir stemmen ein Wappen mit kuriosen Kreaturen vom Eingangsportal eines verfallenen Hauses und legen Feuer in einer leerstehenden Brauerei. Dazwischen sagt einer: »Heilige Maria, Mutter Gottes, bete für uns Zünder! Jetzt und in der Stunde unseres Rodens, Amen.« Es fühlt sich an, als wäre die ganze Welt längst zerbrochen und wir die Scherben, die niemand aufsammeln will.

10

Der Wolfgangsee

Gebrochen ist auch der Berg, der vor uns erscheint, doch das tut seiner stolzen Majestät, die Nase der Nordkante weit in die Luft gereckt, keinen Abbruch. Das steinerne Getier, das aussieht wie ein aus dem Wasser auftauchender Heimathai, überragt die regionalen Regenten an Mächtigkeit. Der Schafberg ist der Pharao der Planktonfresser, der zu neuen Ufern aufbricht. Am Horizont kratzt das Steinerne Meer, und unten im Süden kriecht der Sparber noch eben aus seinem Wasserloch, bevor es vollständig versiegt, die Sphinx der Seenlandschaft, ein hydraulischer Hybrid mit dem Kopf eines vollbärtigen Poseidons und dem Körper eines Löwen, versteinert und mit Fichten überwachsen. Dahinter strecken sich der Watzmann, der Hohe Göll und der Hochkönig. Wenn sich die Masse der Berge in Bewegung setzt, verändert sich das Land, verändert sich alles. Alle buckeln sie vor seiner Noblesse, und wir liegen ihm zu Füßen, kriechen durch seine Wiesen und greifen in die Zotteln der borstigen

Latschenlandschaft, ins dunkelgrüne Deckhaar, bevor wir den Halt verlieren. Wacholdergeruch und Harz steigt uns in die Nase, ein bisschen schmeckt es nach Nostalgie, Dampf und Diesel. Auf der Nordseite weht ein anderer Wind, dort zeigt er sein Widerstandsgesicht, bietet seine steinerne Stirn. Das, was die Welt im Inneren bewegt, hat ihn geformt, sein Äußeres bestimmt, jede Rührung eine Regung, die als Erhebung in Erscheinung tritt. Wenn die Erde knackst, knickt er. Er ist gebrochen und geht doch nicht zu Boden. Doch in seinem harten Gesicht zeigt sich das Scheitern einer Welt. Er ist das Relikt einer Resignation. Einst wird er mich unter sich begraben, in sich bergen. Einst wird mein Gehirn zu Kalk verfallen, der seine porösen Knochen färben wird wie Elfenbein.

Ich sammle, was am Boden liegt, leere Schneckenhäuser, Steine, Äste, und setze es zusammen, um es mit mir in Verbindung zu bringen. Wenn wir rasten, restauriere ich die Umgebung. In der Adlerhöhle lauert ein Tierskelett. Die Sonne schwitzt, und wir wandern im Baumschatten auf und ab, streifen durch Gestrüpp und gehen auf einem schmalen Pfad, stapeln uns, wenn es eng wird. Wir steigen auf das Plateau der Falkensteinwand am nordöstlichen Ufer des Sees und blicken in den Abgrund, glattes Wasser, schroffe Felsen. Wir springen von den Klippen ins Türkis. Vom Nordrand der Alpen, der der Tellerrand ist, über den wir schauen und fallen, tauchen wir ab in die Tiefe. Mit einem Seil schwingen wir in die Luft und lassen los, was uns nicht loslässt. Wir hängen in der Luft, mehr als am Leben. Ein Seil, das zu einem seidenen Faden wird, wenn wir uns einen Strick daraus drehen. Im freien Fall verfallen wir nicht. Wir sind die Vorfälle dieser Landschaft und kennen jeden Winkel des Smaragdgewässers, als hätten wir sein Becken selbst modelliert. Wir lungern in der Lagune, in unserem Rücken die Franzosenschanze, vor uns die Steilwand wie ein vertikal mit einem Draht durchgeschnittener Tonblock. Das Wasser wirft Buckeln und Höhlen, es ist Schmelzgewässer, Zeichen der Vergänglichkeit. Perlfische verzwiebeln den See, dieses Eiszeitjunge, diese glaziale Grazie, die uns einst wie eine Muschelablagerung in sich aufnehmen wird. Noch riechen wir sommerfrisch. Seegelboote ragen wie Schwanzspitzen von Schwänen aus dem Nass, als wären gigantische Tiere untergetaucht. Jetzt sehe ich die Gletscherzunge, sehe, wie sie das Land aufschiebt, um eine Zeit zu gewinnen, sich Platz zu verschaffen, wie sie über den Landstrich leckt, über die Erde und ihr Sediment. Wir schwimmen zur Metzgersinsel, die Schnapsflaschen um unsere Hälse gebunden. Mit gefladerten Booten rudern wir auf die gegenüberliegende Seite. Wir hocken am Ufer des Sees, bohren unsere Zehen in den Sand und steigen in das türkisfarbene Wasser. Es riecht nach Sonnenmilch und Schweiß. Die Halbinsel, auf der wir uns für ein paar Stunden ansiedeln, ist der Schwemmfächer des Bachs, der hier in den See mündet und jedes Mal neues Material ausspuckt. Sie ist die Frucht einer gewaltigen Sedimentation, ein aus Geröllablagerungen des umliegenden Gebirges hervorgegangenes Festland, vom rauschenden Almabtrieb des Wildbachs mitgerissen und angespült, ein Konglomerat aus Gesteinsschutt und Geschiebe, auf dessen Oberfläche sich im Laufe der Zeit ein neues Erdreich aufgetan und ein Gehölz aufgehoben und ausgebreitet hat, das sich nun schleichend in den See hineinschiebt. Der Geröllfächer erstreckt sich bis weit ins Gewässer, wie eine flache Hand fährt er seine Stäbe aus, spreizt seine Finger und presst den Bauch heraus. Was dem Gebirge an Masse verlorengeht, verschwindet nicht einfach, es tritt andernorts in Erscheinung, taucht anderswo auf, der Schwund der Berge bildet ein fremdes Festland, ein fruchtbares Neuland. Ebenda liegt die Engstelle des Sees, die kaum dreihundert Meter misst, an der wir gleich übersetzen. Wir zünden noch ein Feuer an, wir rauchen und räuchern unseren selbstgefangenen Fisch, bevor wir verduften und nur mehr Ruß übrigbleibt. Wir scheppern mit dem Schaufelraddampfer über das Gewässer, eine Nostalgiefahrt, die uns der Notnagel, ein Freund des Admirals, der sich hier als Kapitän verdingt, spendiert. Dieser Reservemann mit seinem schmalen Oberlippenbart steckt ihm brisante Informationen über die Oberschicht in dieser Einschicht, und der Admiral steckt dem Notnagel ein Päckchen in die Hosentasche. Geschäft ist Geschäft, die Fahrt bald geschafft, die Überfahrt keine Affäre. Immer näher rückt das Postkartenmotiv am gegenüberliegenden Steg. Der schwarze Dampf dämpft unsere Stimmung nicht. Sobald die Nacht hereinbricht, brechen wir auf und in ihre Villen ein. Noch bevor wir anlegen, köpfelt der Admiral ins Wasser unseres Weltmeeres. Die Häuser des Marktes am Ufer sind wie Spielzeughäuser drapiert, sie ragen empor, Schulter an Schulter, als hätte jemand ein alpenländisches Monopoly ausgebreitet oder ein Pop-up-Märchenbuch aufgeklappt. Die gesamte Vorderseite dieses Bühnenbilds erschließt sich einem nur vom Boot aus. Das Dorf und ich sind nahe am Wasser gebaut, denke ich, als mir meine Urgroßmutter in den Sinn kommt, die in diesem Wallfahrtswalhalla aufgewachsen sein soll. Jedes Mal, wenn ich mich dieser Hügellandschaft mit ihren Fjordseen nähere, kommt es mir vor, als würde ich in eine Grundfeste heimkehren, in ein Zuhause, das nie zu Ende gedacht, nie zu Ende gedichtet, aber geboren, erkämpft, erlitten ist und mindestens schon ewig existiert. Die bleierne Schwere eines leidigen Lebenskampfes hockt mit einem Mal in meiner Drosselgrube zwischen den Schlüsselbeinen, schlägt eine tiefe Kerbe in die Kuhle und will schleunigst diese neue alte Welt bewachsen. Das Gesicht der Urgroßmutter taucht vor mir auf, über die ihr Vater gesagt haben soll: »Den Hund und das Dirndl, die beiden füttern wir umsonst.« Dass die Berechtigung ihrer Existenz infrage gestellt wurde, muss ihre Mimik bereits in jungen Jahren verfestigt und verfinstert haben. Ich sehe ihren Vater und den älteren Bruder über den Marktplatz schreiten, sehe, wie sie einen soeben erlegten Hirsch, der, als hätte man ihn beim Fressen überrascht, noch ein grünes Zweiglein im Maul trägt, hinter sich herziehen.

Wie alle Menschen zusammenlaufen, sich um die Wilderer zu versammeln, um sie als Helden zu feiern. Ein Raubschütz genoss damals im Gegensatz zum schwer in Verruf geratenen Förster, Knecht des Kaisers und der feudalen Gesellschaft, hohes Ansehen, obwohl die Hohe Jagd bei Todesstrafe verboten war. Denn das Wild wurde unter der hungrigen Bevölkerung aufgeteilt, unter den Holzknechten, die die erlegte Beute, unter Baumstämmen versteckt, mit den Rössern aus dem Wald abtransportierten, unter den auf den Almen schuftenden Sennerinnen, die daraus ein herrliches Ragout schufen, unter den Hirten, Kindern und Kumpels, den Bergwerksleuten, den Ärmsten von allen. Hörner, Fleisch, Fell, Knochen, alles wurde restlos aufgeputzt, nur das, was der Mensch mit seinem Gebiss nicht fähig war zu zerteilen, mochte von den Hunden zermahlen werden. Am Ende wurde einer der beiden Schwarzgeher beim Alleingang erwischt. Der Bruder der Urgroßmutter war im Stillen mit der Büchse ausgebüxt, und als sein Vater ihm in den Forst nachlief, um nach seinem Sohn zu suchen, fand er ihn leblos im Laub liegen. Ein ausgefuchster Förster hatte den Jagdfrevler erschossen. »Schau mich an, wenn ich auf dich ziele«, hat er ihm noch entgegengeschrien und ihm dann die Kugel direkt zwischen die Augen gefeuert. »Schau dir das an«, sagt der Schwarze Apollo jetzt zu mir und zeigt auf seinen Bruder.

11

Die großen Fische fressen die kleinen

Als wir am Steg anlegen, ist der Admiral längst aus dem Wasser gestiegen, das nun an ihm und seinen geschulterten Haaren abperlt wie am Fell eines Tieres, eines geschlagenen Hundes, wie sich herausstellt: Striemen überziehen seinen breiten Rücken, Striemen und Streifen, alte vernarbte Risswunden, als wäre er der Heiland selbst, vom Kreuz herabgestiegen, auferstanden und hier an Land gekrochen. Er dreht sich zu uns um, zieht an seiner Zigarette, ein Verstümmelter mit einem Stummel im Mund. Sein Rückenrelief jagt mir kalte Schauer über den Buckel. Das ist es, was uns Geschundene, Anstößige, Ausgestoßene verbindet. Die Frage nach dem Urheber dieses Narbengewebes stellt sich nicht, ich sehe ihn vor mir, sehe, wie ein von kräftiger Hand geführter Ledergürtel auf ihn niederfährt, eine Peitsche, ein selbstgefertigtes Folterinstrument, in das Knochensplitter, Nägel oder Stahlspieße eingeflochten sind. Wie die Wucht der Hiebe sein Fleisch zerreißt, während er sich zusammennimmt, nicht weint noch winselt und stattdessen die Zähne zusammenbeißt. Wie der Ox, sein Züchtiger, der Zuchtbulle mit dem massigen Körper, dem fehlenden Hals und dem breiten Stiernacken, sich konzentriert, mit all seiner Kraft auf ihn eindrischt, er, der Pharao des Pökelfleisches, der Patriarch der Pass-Proleten, an die er all die abgeschnittenen Kuh- und Ziegenhörner verteilt, als wären die Schlachtabfälle Medaillen, die sie an ihren nächsten Perchtenmasken applizieren, freilich erst, nachdem sie diese eingeweiht und Blut und Schnaps daraus getrunken haben.

Der Admiral war acht Jahre alt, der Schwarze Apollo erst zwei, als sich die Mutter der beiden dem Vater zuliebe zwischen den baumelnden Schweinskadavern auf dem Rohrhaken aufgehängt hat und die Schultern ein letztes Mal sinken ließ. »Dieser feige Abgang sieht deiner belämmerten Mutter gleich! So gleich wie du ihr ähnlich schaust«, hat der Ox seinem ältesten Sohn vorgehalten. »Den Löffel abgeben, aber den Rotzlöffel zurücklassen! Dass du mir ja keiner wirst wie deine Mutter! Oder ich werde dir Beine machen, dass du nur so schaust! Schau nicht so drein! Ich werde dir das mitleidige Gschau schon noch austreiben, du wirst dich wundern. Ich steck dir Kopf und Loch zusammen, dass du dir wünschen wirst, sie hätte dich mitgenommen! Verrecken hätte ich dich lassen sollen, verrecken wie die Herbstkatzen! Und jetzt komm her, du fauler Trottel! Ich werde dir zeigen, wie Überleben geht.«

Der Ox hat seinen Ältesten am Ohr hinter sich hergezogen, in den Stall hinein. Was dann hinter verschlossener Tür genau geschah, bleibt ein offenes Geheimnis. Jedes Mal, wenn der Ox das Rindvieh, wie er den erstgeborenen Sohn nannte, beim Streunen durch eigene oder fremde Wiesen und Felder erwischte, watschte er ihn spazieren, denn Flanieren galt als verwerflich, und er, der Faulenzer, dieser Flaschenkopf der Nation, er sei zu nichts nutze, er, dieser Milchbub mit Migräne, komme nach der Mutter, er wolle ihn und vor allem sich selbst vor weiterer Schande bewahren, denn das Letzte, was ihm fehle, sei die üble Nachrede der Nachbarn. Also hat er dem Jammerlappen die Trauer über den Tod der Mutter schnell ausgetrieben und die Familiengeschichte in Form eines Kupferstichs auf seinem Kreuz hinterlassen, damit er gar nicht erst auf die Idee käme, über irgendwelche Unsinnigkeiten nachzudenken. Später hat er ihn dann noch gezwungen, seine erste Kuh zu töten, eine Mutterkuh. Der Admiral tat, wie ihm der Vater befahl, um seiner eigenen Exekution zu entgehen, und während er das Rind halbierte, spaltete sich auch seine Persönlichkeit. Die verkümmerte streifte er ab und versteckte sie gut in einem selbstgebauten Verschlag am Waldrand, den er wie einen Reliquienschrein für die Mutter eingerichtet hatte, ein Sammelsurium aus Erinnerungsstücken, aufgebaut wie ein Altar, ein Geheimort, an dem er auch einen Raben hielt, der als Junges aus dem Nest gefallen war, den er großzog, indem er ihn täglich mit Magerem Meisel und Rindsfilet fütterte, das er sich in kleinen Stücken aus den Händen picken ließ. Den anderen Teil seiner Persönlichkeit präsentierte er dem Vater gegenüber offen wie den hochgehaltenen Kopf des Goliaths, eine unbezwingbare Natur, die nichts spürte, die nichts regte, schon gar nicht das Leid der Tiere, das der Vater zu vergrößern versuchte, sobald er im Gesicht des Sohnes nur eine Spur von Mitleid zu erkennen glaubte. Nur den Jüngeren mit der Hasenscharte, den kleinen Bruder mit den schwarzflüssigen Augen, der kaum sprach, fasste er nicht an, aus Angst, sich mit dem, was hinter seinen Augen steckte, zu infizieren. Nur ihn nannte er beim Namen. Nur bei ihm war er sich sicher, dass er nicht von ihm war, noch von dieser Welt.

Drei Seesäcke werden jetzt über die Brüstung in die ausgestreckten Arme des Admirals geworfen, der damit die Gastronomie des Orts bedient. Er beliefert sie alle, bestückt ihre Küchen mit Fleisch, unter dem er Drogen versteckt. Zarte Filets vom Fährmann landen in den Pfannen der Haubenköche und auf den Tellern der Gourmets, die sich ihre Schleckermäuler über die süchtig machende Ingredienz zerreißen. In den Restaurants schmeckt es nach Altweibersommer, aber es sind nicht nur die älteren Damen, die ihm das Geld zustecken, ihm, dem Charmeur, der ihnen Koks und Kavalierspitz kredenzt, er, den sie vor Sehnsucht schon fast roh zerfleischen, wenn er ihnen zu wenig Schmalz auftischt. Hernach schleppt er seinen übrigen Proviant zum Ratten-Resort, einem Schwarzbau von immensen Ausmaßen, der auf einem Felsen oberhalb des Seeufers thront und dort durch ausufernde Hässlichkeit ins Auge sticht. Und wahrlich hockt der Teufelsbau, der aussieht wie eine fette Kröte, wie eine Inkarnation aller menschlichen Neurosen, behäbig vor uns und quakt, bläht seinen Bauch und stellt all die gläsernen Türmchen wie Giftstacheln auf dem Rücken auf, zwängt sich als Kapitalverbrechen mitten in die Landschaft. Das Warzenwahrzeichen beherbergt ein Nobelseniorenheim für Könige ohne Himmelreich. »Et voilá«, sagt der Admiral, »das Bonzenbordell von Graf Dracula. Auf, zum letzten Drücker!« – »Idylle für Dillos«, kommentiert nun auch der Schwarze Apollo. Die Flügeltüren öffnen sich, noch bevor wir eintreten, man ortet unseren Kokskapazunder, der den Millionären den Arsch mit weißem Gold abwischt, schon von Weitem. Doch das Koks ist hier Schnee von gestern, in der Grottengruft wird Crack geknackt, Heroin für die Heroen, für die Herrscher über den See, die Wirtschaftswichte in Windeln, die sich über die Erfolge und Erbfolge ihrer Söhnchen unterhalten. Eine Filiale für jeden Filius, nichts geht über die familiäre Bande, außer einer soliden Bankverbindung! Hier wird gehurt und geheuchelt, geschmiert und gekrochen, gefälscht und geblendet. Man hört sich um, man hurt sich aus. Man hört sich aus und hurt herum. Der Admiral, dieser Hornochse, stößt sich seine Hörner ab an diesem Luxuslagerhaus mit dem Charme eines katholischen Bildungswerks und dem Interieur eines Schulinternats, an dieser Mehrzweckhalle für debile Evolutionshemmer, deren Schösslinge das gesamte Menschengeschlecht degenerieren. Der Schwarze Apollo ist überzeugt, das einzig Gute an diesem Hotel sei der Ausblick, der Blick nach draußen, der einem den Anblick von allem hier drinnen erspart. Am hässlichsten finde er die pseudoabstrakten Schmierereien, die hier an allen Wänden hängen, diese Sparkassenkritzeleien spotteten jeder Beschreibung.

Dann äschert er mit seiner Zigarette auf den Boden, zieht den Rotz hoch und spuckt ihn frei heraus. Er erklärt die Menschen hier für tot, so wie die Malerei insgesamt. Dabei versteht er sich selbst als Maler. Bis tief in die Nacht bespannt er in seiner Koje an der Kunstuniversität Keilrahmen mit Leinwänden, auf die er dann Schicht für Schicht Ölfarbe aufträgt. Manchmal nimmt er mich heimlich mit, schleust mich durch ein offenes Fenster, wir trinken Wein, und ich sehe ihm dabei zu, wie er Karmesin, Scharlachlack und Zinnober aus der Tube auf einen Pappkarton presst, um die Farben auf sein nächstes Metzgerbild aufzutragen. Er arbeitet an einer Schlachtserie, aber weder der Vater noch der Admiral ahnen etwas von seiner Leidenschaft für Landschaften aus Fleisch. Sobald eine Schaffensphase zu Ende geht, lässt er die Pinsel in den Wasserbecher fallen, weicht sie darin ein und ein paar Schritte zurück, begutachtet das Ergebnis voller Begeisterung, doch spätestens am nächsten Morgen, sobald die Frühsonne ein neues Licht auf die Leinwand wirft, beginnt er zu fluchen und der Selbstzweifel nagt sich in sein Genick, letztendlich ist ihm die Malerei, die er hervorbringt, immer peinlich, und die Euphorie schlägt über Nacht in Verachtung um, so sehr schmerzt es ihn, dass die ganze Farbpalette nicht reicht für sein Bild von der Welt.

12

Gestade der Vergessenheit

Wir erschrecken, weil uns jemand von hinten einen Gegenstand in den Rücken drückt, als würde er uns mit einer Waffe bedrohen. »Mein Name ist Bond, Raiffeisenverbond«, sagt der Admiral, als wir uns umdrehen, und hält uns seine Schießattrappen, zwei Bier, vor die Nase, die er dann gleich mit den Zähnen aufzwickt. Er streckt mir ein paar weiße Tabletten mit aufgeprägten Elefanten entgegen, die ihm der Schwarze Apollo aus der Hand schlägt. Ich beteuere, dass das alles nichts für mich ist. Ich weiß um mein Suchtpotenzial und meine Experimentierfreudigkeit, mein Einstieg wäre gleichzeitig mein Abgesang, ich würde mit dem Goldenen Schuss beginnen. Die Goldene Acht lacht. »Dafür bin ich eine, auf die du Gift nehmen kannst«, sage ich dann und sacke die Spirituosen an der Bar ein, bevor wir das Rattenresort mit allerhand Wegproviant verlassen, um uns zu schleichen.

Am Weg stehlen wir einen Bagger und graben uns

damit ein Loch, weil uns niemand die Fragen beantwortet, die wir nicht stellen, weil sie uns niemand beantworten kann. Es ist ein Loch des Widerstands, ein Loch, das wir zurücklassen, um bei anderen Fragen aufzuwerfen. Der Admiral hält inne, bevor er die Innereien aus seinem Seesack zieht, eine Mandrillmaske für mich, echte Schweinemasken für die Bläulinge und Gasmasken für ihn, den Schwarzen Apollo und die Goldene Acht. »Überziehen, bevor ich euch eine überzieh!«, kommandiert er und verteilt Dietrich, Schraubenzieher und Taschenlampen, dann fallen wir in die Villa der Schnösel ein. Wie die Heuschrecken ziehen wir von einem zum nächsten Prunkobjekt und mähen nieder, was uns nicht gehört. Besitz wird besetzt, wir knacken die Schlösser, drehen die Musik an und renken uns beim Tanzen die Arme aus. »Lasset uns in ihre Urnen urinieren!«, schreit die Goldene Acht, und schon riecht es überall nach dem Duft unserer Notdurft. Wir zerstampfen die Pharaonengruft dieser Prunkprotze, die sich die herrlichsten Seegrundstücke einverleiben, weil sie einst ihre Überreste dort verstreut wissen wollen. Im größten Schloss nähen wir uns alles ein, was nicht niet- und nagelfest ist, wir machen dingfest, was uns in Krisenzeiten ernährt: Geld, Goldschmuck und Silberbesteck. Wir stechen uns mit den Dessertgabeln gegenseitig in den Arsch, verwenden die Fischmesser als Malspachteln, trinken aus ihren mundgeblasenen und handgeschliffenen Becherchen, kotzen in ihre Goldrandtellerchen und äschern in ihre Bettchen, hinterlassen brandneue Brandlöcher in ihren Nobelpritschen.

Neben dem Kamin hängt ein über hundert Jahre alter Augenschmaus. »*Gestade der Vergessenheit*«, liest der Schwarze Apollo. Welche Landschaft das sei, frage ich, und wo auf dieser Welt sie sich befinde, doch der Schwarze Apollo wird bereits wieder von den Bläulingen mitgerissen, die altes Geschirr auf der Steinterrasse zerschmettern. Scherben bringen Glück und Tote bringen Erben!

Indes steige ich in den Abgrund des Gemäldes hinein. Ich komme über sein dunkles Meer geschwommen, das von links bis über die Bildmitte hereinragt, ich lasse mich anspülen und steige barfuß aus dem Wasser, das an meinem Haar, an meinem Körper abperlt. Mich friert, mein Körper ist leicht und blass, der Wind bläst schwer, und ich weiß nicht mehr, woher ich gekommen bin und wo gelandet, unter meinen Füßen der feine Sand des Gestades, ein kurzer Küstenabschnitt, der an einer kargen Felsformation zerschellt. Um das mächtige Gestein in voller Gestalt zu betrachten, muss ich meinen Blick erheben. Die freistehenden Felstürme, die an Zinnen erinnern, sitzen im Sand auf, als wären sie unten viel schwerer als oben, als wären sie Zacken einer Krone, eingeschlagene Meteoriten, die mit ihrer Masse den gesamten Raum einnehmen, die Landschaft dominieren. Ihre Beschaffenheit erinnert an Schiefer, sie sind vertikal zerklüftet und zeigen horizontal einen Schichtaufbau, eine durch die

Gezeiten geprägte Sedimentation. Als wären die Dolomiten ans Meer versetzt und ich in eine andere Zeit. Die Felszinnen ragen wie desolate Dinosaurierzähne in die Luft, morsch und brüchig, als hätten Bakterien hier gewütet. Wir? Über dem gelben Sand, der wie gesundes Zahnfleisch bis an die Felsen reicht, lagern Schneeverwehungen, weiß über beige, vermischt. Die Verwehungen versuchen, sich gegen die Felstürme zu behaupten, sie unter ihrem Stundensand zu begraben. Doch sie kommen nicht dagegen an, die Berge überdauern alles, ewig ragen sie empor. Die drei Zinnen sind die Zeitzeugen einer Epoche, in der der Mensch längst ausgestorben sein wird. Die einzigen Fossile sind wir. Am Ufer liegen Totenköpfe wie Muscheln verstreut. Das Eismeer hat sie angespült und ausgehöhlt. In ihren Augenhöhlen hausen die Krebse, die man nie sieht. Die Ebbe lässt die Totenschädel zurück wie vergessenes Sandspielzeug. Was hört man? Das Meer. Hält man die Totenschädel nah ans Ohr, hört man das Meer rauschen und die Menschen flüstern. Sie reden über ihre Gegenwart. Es riecht nach Brise. Nach Salz. Man wartet auf Vogelstimmen. Es ist so still. Das Rauschen ist das Rauschen des eigenen Bluts im Ohr. Der Wind nichts als der eigene Atem. Ein Seufzen, das verhallt. Alles hier ist dämmrig und düster, nur die Spitzen der Felstürme sind von einem hellen Licht beschienen, der letzte Hoffnungsschimmer, die einzige Bescheinigung für Sonnenlicht. Das Licht ist ein leises Geräusch im Hintergrund, ein Knistern.

Vielleicht kommt es aus einer glänzenden Galaxie, deren Schatten noch heller ist als die Sonne. Doch ich bin zu klein, um dort hinaufzureichen, zu schwach, um hier emporzuwachsen. Über dem Meer hängt ein Unwetter, immer dunkler und trüber wird es, ein Gewitter, das sich verhaspelt und in den Gipfeln hängenbleibt. Es verschluckt alles, was sich nach hinten ausdehnt, alles, was sich umdreht nach ihm. Die Gezeiten herrschen anders auf diesem menschenleeren Planeten, diesem Mondgestein, sie beherrschen sich nicht. Bin ich dort, wo es immer stürmt, oder stürmt es überall dort, wo ich hinkomme? Alle Menschen um mich herum sind verschwunden, wie ich es immer träume. Ich setze mich an das Gestade, eine Welt wie für mich erfunden, nur für mich allein. Aber von wem? Wer beobachtet mich jetzt und von wo aus? Es riecht nach Regen. Immer noch nach Salz. Der Wind hat meine Haut getrocknet, das Meerwasser weißen Rückstand hinterlassen. Es riecht nach Mole. Das ist das Ende der Welt. Wenn ich in mich hinabsteige, tief in mich hinein, dann brennt dort ein Licht, das von oben hereinfällt, sobald ich den Mund auftue. Ich wohne in mir, und mein Körper ist das Gerüst, die Welt und das Gehäuse für mich. »Wann ist der Sturm vorbei?«, fragt mich der Schwarze Apollo jetzt und findet, ich wirke so heroisch, wenn ich mich in etwas vertiefe, und ich denke, er wirkt so abgründig, wenn er sich auf etwas versteift.

13

Fleischbude

Die Abendluft riecht zwetschgensüß. Der Admiral stelzt mit nackten Beinen, in Unterhose und dem blauroten Uniformrock einer königlichen Garde an uns vorbei und fragt: »Wie geht's Eucharisti?«, bevor er auf die Terrasse tritt, Anlauf nimmt und in halber Montur vom Steg ins Wasser springt. Schon läuft das Heer seinem Söldner hinterher, hinter ihm riecht es nach nassem Hund. Sein Gang verrät eine Verletzung am linken Bein, an seinem Unterschenkel fließt Blut herab, womöglich eine Schnittwunde, doch er beachtet sie nicht. Fleischer seien außerstande, ihr eigenes Blut zu sehen, sagt des Vaters Stimme in meinem Ohr. Das der Fremden ja, das der Tiere, aber nicht das eigene. Reihenweise habe er sie umfallen sehen, nachdem ihnen das Messer ins eigene Fleisch abrutschte.

Als die blutleckende Meute nach Hause zurückkehrt, setzt der Admiral seine Arbeit fort und bunkert beige Päckchen in den Kuhkadavern. Systematisch geht er an die Sache heran. Mein Dasein ist nebensächlich, sosehr hat er sich an meine Anwesenheit gewöhnt. Seine Kumpane gehen ihm zur Hand, befüllen ihre falschen Eiswägen und liefern gleich an die naheliegenden Pizzerien aus. »Sieh an, da kommt der Feschak!«, brüllt der Ox, der mit seinen Bücklingen ein Krampuskränzchen im Gelände abhält, ehe sie zur Jagd aufbrechen. Zelte abbrechen, drängt eine innere Stimme. »Mein Ebenbild aus Ebenholz«, fährt er fort, doch der Admiral reagiert nicht. Ich senke meinen Blick, während sich die Perchten vor Lachen biegen und ihre Fratzen, die denen ihrer Masken um nichts nachstehen, zeigen. Nur der Schwarze Apollo schaut seinem Vater ins Gesicht, nicht mit dem Blick eines Sohnes, mehr mit der Neugier eines Pathologen. So als würde er sein Fleisch für die nächste Bildserie studieren, den verlebten Leib und dessen aufgedunsene Konsistenz, seine fahle Haut, verwesungsvergilbt im letzten Stadium, graugrün und stumpf im künstlichen Licht der Leuchtstoffröhren, immer von einem Schwarm Schmalzfliegen umgeben, die sich abwechselnd in Mundwinkel und Augenrändern niederlassen, an den Alpenrändern der Rindsaugen. Ein massiger Körper mit fleischigen Backen, bullig und maststierbreit die weiße Plastikschürze umgehängt, das Schlachtmesser gewetzt, mit massivem Schritt schreitet er voran, wenn er sich bewegt. Eingetrocknete Fleischreste kleben an seinen Fingern, in seinem Gesicht und auf den Gummisohlen. Er wirkt aufgebläht, wie eine tote Kuh, in der Bakterien ihre Zersetzung zelebrieren. Sein Körper streikt und streckt alle viere von sich. Wenn er seine Messer schleift, werden alle Ohren spitz. Der Ox ist der Darmkrebs unter all den Gedärmen. Und seine Jauchejünger die Franzen des Landes, die Stirnfranzen, die jedem hier ins Gesicht hängen.

Neben dem Schlachthaus wächst der Wald über die stillgelegte Fabrik. Großflächige Betonplatten, zwischen denen das Gras seine Ellbogen ausfährt, liegen wie freigefegte Eisflächen davor, Grün behauptet sich gegen Grau. Überall Gitter und Stäbe, der Rost hat alles zerfressen wie ein Wolf, der einen Kadaver für den nächstkleineren Räuber stehenlässt. Wir sind die Aasfresser unserer Zivilisation. Den Verfall hat man für uns übriggelassen und uns zurück. Wir sind das Aas und ernähren uns selbst vom Tod, dem Giftköder für uns Straßenköter. Wir sind radioaktiv, hören wir im Radio, als man über unsere Einbrüche spricht, ein Durchbruch auf der Suche nach einem Platz in dieser Welt. Wir sind vorbereitet für Ragnarök, für die Götterdämmerung, bestens ausgestattet für den nächsten Exzess, bald rollt der Kopf der Welt, morgen, am Tag der Sonnenfinsternis. Wir beobachten den Mond durchs Teleskop und holen den Saturn heran. »Gehen wir Leichen schauen«, unterbricht uns die Goldene Acht und drängt Richtung Auffangbecken, dorthin, wo die Ertrunkenen hängen bleiben, bevor man sie aus dem Fluss fischt. Ich verschwinde ins Gewächshaus am Waldrand, um mich aufzutakeln, dabei frage ich mich, was ich hier noch will. Alles hier ist von Au und Wald umgeben. »Au«, schreit es aus der Au. »Auau« und »Aua« und manchmal nur »Help. I need somebody! Help!« Hilferufe werden vom Grün verschluckt, weil: Hier ist niemand, der sich nicht selbst retten muss. Jedes Geräusch wird vom Wild, vom Wald, vom Weltenapparat absorbiert. Rehe hinter meinem Rücken, Wildschweine in Rotten um mich herum. Der Ox und seine Esel schleichen umher, er sieht nach dem Rechten mit seinem Linken und verprügelt alles, was ihm unter die Augen kommt und nicht zu Gesicht steht. Wie ein Jagdkommando schwärmen seine Genossen für eine makabre Schnitzeljagd in die Gatter aus. Ein Riss in der Folie des Gewächshauses gibt den Blick auf ihre Gewehre frei. Sie reden von saftigen Frischlingen, wenn sie sich versammeln, läuft ihnen das Wasser im Mund zusammen. Des Oxen Frischling ersäuft sich mit Schnaps, denn er trägt immer noch die Narben am Rücken, die ihn an seine Herkunft erinnern. »Auswildern!« Ich verkleide mich für das Schlachthausspektakel, putze mich heraus für die Late-Night-Show. Den Körper mit Bronzecreme eingeschmiert, die Augen kohlrabenschwarz angemalt, die Lippen orange und eine neongrüne Perücke mit Pagenschnitt über dem Kopf, gestiefelt und gespornt, den Waffenrock um die Hüften geschnallt, meine Fingernägel angefressen und abgenagt, ich übermale sie rot, weil sie ganz gelb sind vom Nikotin. Ich bin den Räubern der sichere Hafen, das fleischgewordene Refugium Peccatorum, Zufluchtsort für alle Sünder. Doch keiner kriegt mich, schon gar nicht klein. Klein bin ich seit jeher selber, aber niemand behauptet, dass ich mich nicht behaupten kann. Die frische Zigarette hinterm Ohr, der Flachmann in der Hand, die vergilbten Plastikzähne zur Verteidigung gegen unerwünschte Avancen in der Hinterhand und Hosentasche, das Mundwerk lose, die Sohlen laut. Noch bevor ich auf die Tanzfläche falle, kippe ich aus den Latschen, denn der Morast schluckt meine Stöckelschuhe. Um mich herum Feiernde, Brüllende, Blaumacher in Bikinis und Badehosen, die meisten bewaffnet mit Spritzpistolen und Feuerwasser. Hedonisten, Zechpreller und Grenzgänger. Anarchisten, Nihilisten und Schwarzmaler. Widerständler, Provokateure und Skeptiker, die alle aus der Reihe tanzen und dabei schwitzen und um mich herumschwänzeln. Sommernachtsschaum quillt aus der Disco, drinnen dreht sich alles, man bewegt sich im Schleudergang, der Estrich vibriert unter Hunderten von Füßen. Wir sind die Kinder des Schlachthofs. Wir ritzen uns in die Arme und in die Haut der Bäume, für immer verewigt auf rohem Papier, die Fensterscheiben zugeklebt, damit alles Verbotene verborgen bleibt. Ich verbiege mich nicht, höchstens zwischendurch, um das Erbrochene in Blumentöpfe zu entleeren. »Terrakotzal«, kommentiert die Goldene Acht und zeigt eine Verletzung wie ein stolzes Wundmal, das Resultat eines Rattenbisses, ein Willkommensgeschenk aus dem Untergrund, aus der Kanalisation. Die Nacht ist süffig, und sobald die Wirkung nachlässt, bestelle ich dreifach nach, um wieder doppelt zu sehen. Alles rührt sich, und niemand regt sich auf. An der Bar wackeln die Ärsche, und die Bläulinge schlackern mit den Ohren. Der Admiral zirkuliert, bewegt seine mit Kohle nachschattierten Bauchmuskeln im Takt. In einer Ecke hinter dem Aquarium lässt er seine Hosen runter und eine Barbusige ran. Sie bückt sich, er schickt sich und dreht sie um, tritt näher, greift an und die Bläulinge klatschen in die klatschnassen Hände, grölen und jauchzen. Nur der Schwarze Apollo wendet sich ab, zieht mich an der Hand nach draußen und an sich und seinen Leib. Steckt mir die Zunge unzögerlich in den Mund. Ich hauche ihm Leben ein, doch etwas im Gebüsch raubt mir den Atem. Der Ox steht da wie ein überschäumender Bierkrug am Oktoberfest.

14

Meat Joy

Im Jagdfieber kommen sie angeschwadert, im Blutrausch kehrt die mordlustige Pass zurück. Die Lüstlinge mischen sich unter die Räuber, mischen sich ein und stacheln sie auf, denn Beute gehört brüderlich geteilt, sagen sie und werfen die erlegten Wildschweine auf den Boden. Nichts bringt die Erleger so schnell zum Erliegen wie die provisorischen Lotterbetten, auf denen die Dorfmatratzen bereits zum Ludern laden. Die Waidmänner tragen Lorbeerkränze auf dem Kopf und Fuchsbandwürmer zwischen den Schenkeln. Sie sind jeder Färse auf den Fersen, um sie zur Strecke zu bringen. Begatten und Bestatten. Nach jedem Mausen spritzen sie sich gegenseitig mit dem Dampfstrahler ab, um die Schandflecken und Schleimspuren zu beseitigen, bis sie wieder kleenexclean sind. Dabei beschimpfen sie jedes weibliche Wesen als *Veronika Dankeschön*, zupfen und ziehen sich die Schamhaare aus den Zahnzwischenräumen. »Bon Voyage«, rufen sie und spucken aus, was nicht zu ihnen gehört, ihnen graust es vor den Krausen. Die Schweinestecher bestechen durch ihre Anschlingketten, mit denen sie die Hände und Füße ihrer Beute an den Wänden des Konfiskatraumes, ihres Dark Room, fixieren, ehe sie die Abfälle ihrer Eroberungszüge zurücklassen und wieder heimkehren zu Pfrau, Pfamilie und Pfeuerwehr!

Dort im Gehölz kreischt indessen der Nachtpfau, eine biblische Eva, die man bis heute Nonne nannte, brünett und totalblauäugig wie die schönen Frauen auf den Nazigemälden, nackt und durchgewalkt, ramponiert und hergenommen, abgegriffen und rot angelaufen. Ohne Versehen versehrt, verlottert und zerschlissen kauert sie da, geschlaucht und schluchzend auf einem Wurzelstock. Das erste Mal hat sie sich anders ausgemalt, sauber und steril, mit Rosenblüten und Mandelöl, kein Handumdrehen mit ein paar Vorstößen in ihren behüteten Schoß, kein Ruckzuck hinterm Holzstapel, kein Hauruck und Hintenrum, kein Fortstoßen und Abstreifen danach. Und jetzt? Hockt sie da, durchgewurzelt auf dem Baumstumpf, mit wunden Knien, ausgepackt, angepickt und durchgeklopft. »Pfingstochsen!«, schimpft die Goldene Acht, zieht sich die Jacke aus, die er ihr überhängt, dann stellt er sich neben den Schwarzen Apollo und drängt zum Attentat. Doch die Schwarzwilderer sind in der Überzahl. Am Hals trägt einer blasslila Spuren, ein Verbiss, die Wunden eines Wutanfalls beim Wildunfall mit seinem Weibchen, seiner Eva, der Nonne.

Mir graust's, mich gruselt's, ich ziehe die Notbremse und Leine, mach den Adler und schnür mein Bündel, klaube mein Klumpert aus dem Gewächshaus zusammen, da springt mir die Krähe des Admirals ins Auge: aufgespießt und abgerupft, ihre Flügel am Marterpfahl ausgestreckt, daneben der Ox als Vogelfänger. Drumherum nur Kaltblüter und Raubritter und ein Pferd, ich, neben der Spur, das Sporen gibt und die Hufe schwingt. Die Türen des Geländewagens stehen offen wie die Münder der Bläulinge, sie warten auf mich und ziehen mich ins Innere, nur einer, der Admiral, bleibt auf dem offenen Schlachtfeld zurück.

Grande Finale heißt es schließlich vor den Toren der Festspielstadt. Wir fahren an Häusern voller Ornamente vorbei, deren Prunkkostüme gleich aus allen Nähten platzen. Der Schwarze Apollo und seine Gefährten schwärmen hinter die Barockkulissen aus und übernehmen die Regie. Wenn sich gleich die Welt verdunkelt, greifen wir an. Alle Widerspenstigen der Stadt versammeln sich, die Räuber und Wölfe der Randbezirke, man hilft sich aus, man hält die Hand, gleich schlucken wir die Sonne, wir sind die Gegenwehr. Ich filme vis-à-vis vom Kirchturm, die Transporter der Tierkörperverwertung im Konvoi, sammeln sich am Mönchsberg, dem Stadtberg aller Intellektuellen, auf dessen Kante, direkt über dem Abgrund, ich den Gesellen aus meiner Kindheit erkenne. Er lächelt mir zu, ich winke zurück und bin versöhnt. Die Viehlader sind randvoll gefüllt mit Tierleichen, die nun vom Schwarzen Apoll und seinen Helfern auf das Dach des

Festspielhauses gekippt werden, während darunter ein Orchester *Carmina Burana* spielt. »O Fortuna!«, dröhnt es durch die Stadt, und als die Festspielgäste vor die Tore treten, um mit ihren Spezialbrillen der Sonnenfinsternis beizuwohnen, ihr zu trotzen, den Weltuntergang aus nächster Nähe zu betrachten, Reihe eins, fußfrei, in Loge und Loden, fällt ein Kadaverregen, Blut auf die Bonzen, Knochen und rampionierte Rümpfe. Meat and Greed, Gedärme zerplatzen wie Wasserbomben, es hagelt Schweinehaxen, rotes Blut mischt sich mit blauem und ergibt ein Lilablassblaugemisch mit Platzwunden. Ein Sautanz im Schweineregen.

Und als die Chaostage ausbrechen, breche ich zusammen und krümme mich. Blinddarmdurchbruch. Während man mich operiert, fällt die Polizei im Schlachthof ein, doch es ist längst zu spät. Der Admiral hat seine tote Krähe entdeckt und den Vater mitten auf der Weide ausgeweidet. Die Nonne nimmt sich noch am selben Tag das Leben und schläfert sich in der Praxis des Vaters mit einer Pferdedosis ein. Zeitgleich kommt es in den umliegenden Wäldern zu einem Raupenbefall der Nonne. Und ich? Beende meine Schule, dokumentiere mein Leben und trage die Zeichenmappe an die Kunstuniversität.

15

Mutterschaft

Wir sind daheim, wie man bei uns sagt. Doch dein Daheim ist nicht meines, denn ich komme von woanders her. Was weiß ich, wo ich herkomme, ich würde es gerne vergessen, verdrängen, aber kaum bin ich wach, beschleicht mich mein Herkunftshader. In meinem Elternhaus waren die Leichen nie im Keller versteckt, sondern in der Stube gestapelt. Immer wieder tanzen sie in meinem Schädel, ich kann ihn drehen und wenden, wie ich will. Hier daheim gibt es nur uns beide, nur dich und mich. Ein altes Haus, umgeben von Garten auf jeder Seite. Wir sitzen auf der Hausbank im Schatten, hinten, greifen nach den grünen Sternen im Moos, das hier überall hervorquillt, träumen unter der Trauerweide und nisten uns ins Dickicht der Rosenbüsche. Die Elstern klackern über unseren Köpfen, als hätten sie Kastagnetten geschluckt. Dürfte ich mir für die Ewigkeit eine Tageszeit aussuchen, dann wäre es die Dämmerung. Abenddämmerung für mich, für dich nähme ich den Morgen, etwas, das heranbricht, nicht nieder- oder zusammen-. Der Föhnwind fährt durchs morsche Geäst, lässt goldgelbe Quitten regnen. Pelzige Honigäpfel stürzen weich und liegen uns zu Füßen, die Frösche bleiben aus. Die Blätter lauben bereits am Boden, der Winter bricht bald über die Baumköpfe herein. Die Sonne welkt am Himmel, ihre Strahlen schleifen schon am Boden. Die Bäume strecken ihre knochigen Hände mit den schwarzen Fingern in die Höhe, greifen nach der gleißenden Orange, die ihr Licht über ihnen auspresst. Im Herbst stirbt sie besonders theatralisch, und wir beide lieben großes Theater. Der Großteil des Gartens wächst wild, so wie wir, nur das Gemüsebeet trägt einen kultivierten Schnitt. Wir ernten Rote Bete und sprechen über Rote Riesen. Mein Herz füllt sich mit so viel Rot und beginnt zu flimmern, dass mir fast bange wird. Mein ganzer Stolz hackt mit beachtlicher Wucht in die Erde, zieht das Gänsefußgewächs an den Haaren heraus und an den Haaren herbei, dass Rote Rüben nichts anderes sind als geschrumpfte Rote Riesen. In unserem Garten liegt ein ganzes Universum begraben, stellst du fest. Die Größe deiner Hände überrascht mich. Nicht mehr lange, dann wirst du größer sein als ich und größer als dein Vater. Dabei warst du eine Frühgeburt und ich eine Erstlingsmutter mit Wochenbettdepression. Je schlimmer es wurde, desto mehr strengte ich mich an, ich stillte und pumpte im Minutentakt, während du im Brutkasten schliefst wie der kranke E.T. Ich gab mir einige Ohrfeigen, ermahnte mich, mich zu beherrschen, dann zog ich meinen Rotz und das karierte Krankenhausnachthemd mit den mintfarbenen Rauten wieder hoch und setzte die Saugnäpfe der elektrischen Milchpumpe an meine Euter an, links, rechts, bis das Vakuum die Brustwarze einsog. Ich freute mich über jeden hart erpressten Tropfen, während mir der Schweiß über das Gesicht lief. Manchmal schoss ein kleiner Strahl aus der Brust, und ich fühlte mich wie eine Märtyrermutter, eine, die Blut und Wasser schwitzt und Milch spritzt. Im nächsten Moment sah ich mich mit den Augen der Besucher und war eine verzweifelte Milchkuh, die im Krankenbett saß und kläglich versuchte, sich selbst zu melken, eine, die nicht imstande war, ihr Kind am Busen der Welt zu säugen. Aber letzten Endes war ich diejenige, die diesen schmächtigen Kerl, der du warst, aufgefüttert hat. Denn ich bin eine Übermutter, und Übermütter lieben erbarmungslos, so sehr, dass es weh tut, und zwar mir und dir, weil du das Ziel dieser ewigen Liebe bist, der Jackpot in der Lotterie meines Lotterlebens, denn die Würfel sind gefallen, und sie sind prächtig gefallen, denn der Wurf ist so göttlich, du bist so himmlisch, du bist der, den man nur zerbricht, um ihn stärker zu machen, um ihn zu rüsten für das Spektakel in dieser Welt irgendwo zwischen Himmel und Gegenwart. Also lauf, lauf um dein Leben, weit weg von mir! Schlage Haken im Hasenschritt, und komm mir niemals vor den Lauf, niemals stolpernd, denn ich bin ein Großkaliber, das einmal seine Arme für dich ausstreckt und für die anderen die Panzerfaust. Ich fang dich auf, noch bevor du auf eigenen Beinen stehst, und jeden, der dir etwas anhaben will, den vernichte ich, ohne mit meinen künstlichen Wimpern zu zucken, die den Blick meiner Argusaugen rahmen wie die Federn den Arsch des Pfaus. Ich trage hundert Augen auf meinem Körper und nur zwei davon im Gesicht, die spiegeln dich, damit ich immer weiß, wo du bist.

Meine letzten angeleimten Wimpern fallen, und es wird Winter. Das Geld geht aus und damit auch der Plastikschmuck. Der Schnee deckt den Tisch, scheckt die Landschaft und tischt Wurzelgemüse auf. Stangensellerie ist der Teufel des Gemüses, du sagst, das schmeckt wie Strafe. Aber ich möchte, dass du stramm und kräftig wirst. Du spielst im Garten, und ich schaue durch die Finger, zwischen uns das Glas des Wintergartens. Eine durchsichtige Wand trennt uns, und ich denke übers Träumen nach. Bist du das wirklich? Wer bist du eigentlich? Ein laufendes Wunder, ein andauerndes Mysterium. Du musst das Kind einer Madonna sein, einer Gottesgebärerin, und nicht das Kind einer Scheinheiligen, einer zweifelnden Heidin, einer zornigen Bauerntochter.

In voller Montur trampelst du herein, schüttelst die Stiefel von deinen Füßen und lässt die Haube zu Boden fallen. Ich strecke meine Arme aus und denke: Flieh unter meinen Schutzmantel und in meine Schirmherrschaft, ich putz dir die Nase mit meinem Rockzipfel und wasch dir den Kopf mit meinen Geschichten!

Du kletterst auf meinen Schoß, formst eine Schnute und riechst an meinen Haaren. Ein paar davon sind schon weiß, weil mich deine Geburt so erschreckt hat. Deine Nase war so schief, dass ich gedacht habe, du wärst unfähig, Gefahr zu wittern, wenn das so bliebe. Du nimmst die künstlichen Krähenfüße, die auf meine Wange gefallen sind und aussehen wie kleine Reisigbesen, streckst sie mir auf deinem Zeigefinger entgegen und schreist: »Mama, blas!« Und: »Wünsch dir was!« Und ich puste und sage: »Gleich fünf auf einen Streich«, weil ich die Ultravolumenvariante gewählt habe. Dann streiche ich deine Nase gerade.

Du schlingst deine Arme um meinen Hals und vergräbst deine Füße unter meinen, weil dir kalt ist und ich deine Wärmflasche bin. Dann riechst du wieder an meinen Haaren. Es duftet ein bisschen nach ranziger Milch, nach frisch gebackenen Brötchen und nach altem Leib, eine Mischung aus süßlich und bitterherb, nach jungem Ableben. Du kannst mich gut riechen, und ich kann dich gut riechen, den Schorf auf deiner Kinderkopfhaut, den ich mit blanken Fingernägeln abgeschabt habe, bis du drei Jahre alt warst. »Affenliebe nennt man das«, hat dein Vater gesagt, als er bei der Tür hereinschlurfte, beleidigt aus Eifersucht und weil bei ihm nicht viel zum Lausen war. Du fragst mich, wie das war, als du geboren wurdest. Es war Spätsommer, goldener August, und da war ein doppelter Regenbogen über dem Krankenhaus, und ich habe gewusst: Dort wo du auftauchst, herrscht immer großes Spektakel.

16

Der Ursprung der Welt

Im Namen des Vaters, des Sohnes und der Heiligen Mutterschaft: Aber wie heißet der Sohn und was verheißet er uns? Einen Namen braucht er, wird's bald! Nomen est Problem! Kein falscher Titel, keine falsche Kehle, aber eine Ehrenbezeugung! Ich balge mich mit dir und rolle von einer Seite zur anderen. Bald gebäre ich etwas Bezeichnendes, und für das, was bezeichnet wird, für dich, brauche ich einen Namen. Mit einem Ruf versehen, mit einem Stempel versehrt. Dein Name soll ein Sicherheitssiegel sein, an dem ich dich erkennen kann. Behutsam forme ich Buchstaben und kombiniere, denn es pressiert schon. Ein durchsichtiger Schleimstöpsel wurde vom Heiligen Geist gezogen und prangt mich jetzt von meiner Oberschenkelinnenseite aus an, dass ich mich beeilen soll, damit du nicht im Trockenen liegst. Kein Auge wird trocken bleiben bei deinem Anblick. Ein Hohelied auf deine Niederkunft! Ein Vergissmeinnicht für deine Herkunft! Eine Augenbinde für deine Zukunft! Nein, umgekehrt!

Ich liege in der Waagrechten, im Bett gefangen unter einer dehnbaren Reptilienhaut. Die Schlange hat etwas ausgefressen, das liegt jetzt in meinem wuchtigen Wanst und tritt mich mit Füßen, tritt gegen mich an, sich zu behaupten, vermessenes Ding mit Dickschädel. Die Beute beutelt mich von innen, schüttelt und rüttelt mich, nudeldicke Dirn, sodass mir die Birne brummt und die Gedanken und Gebeine durcheinanderscheppern. Diese Paradiesfrucht gewittert aus ihrem Gehäuse und zieht sich gleich selbst den Blütenboden unter den Stängeln weg. Ausgefruchtet! Doch wenn sie meinen Leib verlässt, bleibt nur mehr ein abgenagter Mutterbunzen von mir übrig, dann werde ich zur Scheinfrucht degradiert.

Der Kegel in meiner Kugel läuft zunehmend unrund, der Uranus im Uterus kreiselt nicht mehr, er ist zu groß, verkeilt sich zwischen den Rippen, dehnt mich, und meine Haut wird so dünn, dass man ihn beinah durchschimmern sieht. Ich wuchte uns in die wasservolle Wanne und verstecke die Scham unterm Schaum, nur die Insel, du, der Parnass, schaust heraus. Der Meeresspiegel steigt, der Hormonspiegel auch, doch in mir drin herrscht Ebbe.

Dem Vater, dem Spannenlangen Hansel, ist die Unwucht anzusehen, der kalte Schweiß auf seiner Stierstirn, der in die Badewanne perlt, als er sich zu mir hinuntermüht, mir in die Augen schaut, um zu fragen, ob das jetzt ein Startschuss oder ein Warnschuss sei. »Ein Schuss vor den Bug«, antworte ich, und da laufen auch schon die Tränen vor Aufregung, Wonne und aus Angst, weil ich selbst nicht weiß, was uns auf hoher See erwartet. Er frottiert mir das Salzwasser aus dem Gesicht, um in mir den Mut zu neuen Ufern zu entfachen, und sieht die abyssische Skepsis in meinen Augen, die er mit seinem Blick seziert.

»Hier, bei mir, bist du im sicheren Hafen«, sage ich, gegen meinen Bauch gesprochen, »doch da draußen dunkelt das Dunkelmeer, es schwappt völlig über, hörst du es? Siehst du es? Spürst du es? Ich kann es riechen! Die Algen, das Salz und die Fischgerippe, die es ausspuckt mit lautem Getöse, und sein unerträgliches Rülpsen, diese obszöne Geste. Wie sein Schwarz uns beide eintinten will in seinem Wassernebel! Dort draußen, in seinem Magen, warten die Untiere, lauern am Tiefseeboden, so tief und schrecklich, dass sie alles in den Abgrund ziehen, was sie zu fassen bekommen, auch unsere schwer erkämpften Manien, unseren Zukunftsglauben und unsere guten Launen. Sie haben sich das Meer mit der Todesangst ihrer Opfer erschwitzt, ein Ozean, der staubtrockene Wüste war. Einlullen wollen sie uns. Erschrecken mit ihren Krakengesichtern und betäuben mit ihren Krankengeschichten, die sich ziehen wie Baumharz, die zäh sind wie Flachsen. Trau nie den Geschichten der Trauernden, denn sie erzählen träge.

Ich bin hinabgestiegen in das ewige Reich der Halbtoten, in die von Teufelskrallen ausgescharrten Furchen. Dort unten könnte ich dich nicht mehr hören, dort unten gibt es keine Sprache mehr. Dort unten ist nur noch der Tinnitus der eigenen Geburt und der schlechte Ruf der Anverwandten zu hören. Kuckuck! Kuckuck! Was gäbe ich dafür, hätte mich jemand den Meinigen untergejubelt und eingeredet. Also kämpf an, mein Sohn! Und flüchte nur nach oben! Steig über all ihre Krücken und Prothesen, über ihre Wortfetzen und die eiserne Heiserkeit der hiesigen Stimmen. Am Ende wird doch alles gut, und wenn es das Ende ist, das es gut macht! Und wenn ich selbst wieder hinuntersteige, um hinter mir alles zu verbarrikadieren, damit du nie Gefahr läufst, dich hierher zu verirren.« Gewiss sage ich das mehr zu mir selbst als zu dem Ungeborenen, das ungeschoren davonkommen soll, denn als ungeschorenes Schaf ist man für das Leben gut gepolstert. Also: Die Wolle bleibt dran, das Kind bleibt drin.

Noch sitze ich nackt im Nass, schön langsam muss ich meinen Körper aus dem sicheren Hafen hieven, denn da draußen wartet die neue Welt auf dich, du drängst und drängelst. Ein oberer Eisprung, die kostbare Keramik zerstört, das Tütchen läuft aus. Vor allem läuft da etwas aus dem Ruder, aber zurückrudern ist zwecklos. Noch spreche ich kein Flaggenalphabet, doch Kapitän bin ich allemal. Der Erste Offizier nähert sich dem Bauchnabel, erhofft sich, durch das gedehnte Bullauge sein Kalb zu erspähen. Der Badegast jedoch hält still, ruht ein Weilchen, bevor die Odyssee beginnt.

Ich lass dich raus, wenn es sein muss, aber erst, wenn du groß genug bist. Wenn du so weit bist, lass ich dich gehen, sonst bekommst du Haltungsschäden wie deine Mutter, die biegst du nie wieder gerade. Ich halte dich keine Sekunde länger, als es sein muss, damit du keine verknorpelte Leibesfrucht wirst wie ich. Schiff ahoi! Der Kapitän geht an Land. Wo liegt der Ursprung der Welt? In meinen Lenden? Untenrum und innendrin.

Ich schaue in den Spiegel und erkenne mein neues Ich nicht. So sieht also eine Werdende aus, die bald schon eine Gewesene sein wird. Um meine Entschlossenheit zu unterstreichen, ziehe ich den schwarzen Kojoten-Kajal nach. Durchs offene Fenster frisiert der Alpenföhn meine Haare zurecht und entnebelt die Sicht nach draußen. Mein Körperschiff ist jetzt bemannt. Es fährt ein Junges mit, das ein Junge ist. Ich schreibe deinen Namen ins Kondenswasser des Spiegels und lasse mir seine Buchstaben ins Gesicht scheinen. Im Namen des Vaters wirst du nicht getauft, niemand wird deine Nabelschnur durch den Blasenkatheter deiner Ahnen ersetzen. Dein Name, das steht fest, soll für sich stehen, auf dass du einer wirst, der für sich selbst einstehen kann, einer, der in sich selbst wurzelt.

Kein Hansfranz in zwanzigster Generation, der mit dem Namen seines Vaters noch den Spiritus vom Grabwinkel aufwischt. Du wirst die Opposition zum Dorftratsch, zu schlechten Manieren und schlechten Gewohnheiten. Meine Idee von dir ist eine andere, es sind Gefühle aus einer alten Zeit: der erste erinnerte Schnee in meinem Leben, breitgefächerte, sternförmige Eiskristallbäusche, die unter dem Licht der Laterne die Dunkelheit auflockern und den Nachthimmel herausputzen. Der Neuschnee am Morgen, der Winter, der seine schmutzigen Stiefel reinwäscht, den Herbstdreck unter einen weißen Teppich kehrt und die Landschaft wieder zu einem unbeschriebenen Blatt macht, dem alle Vergehen ausradiert worden sind. Die Schlachtrufe der Stadtlichter im Dunkeln, die wie Synapsen aufflackern und geloben, dass es immer neue Bahnen gibt, dass immer jemand da ist und die Welt nicht zugrunde geht, selbst wenn wir zugrunde gehen. Das Rocken und rhythmische Verneigen der verdorrten Hortensienköpfe im Herbstwind oder der mit Graureihern geschmückte Herbstwald im Rücken der Moorseen. Vogelschwärmereien am Eishimmel und Turmfalken, die auf Holzpflöcken die Straße flankieren. Der pfeffrige Atem der Lupinen im Mai. Das Knacksen von gesunden Kinderknochen. Bergende Gebirge am Horizont, nicht zu nah, nicht zu weit entfernt, und die Besänftigung allen Zorns bei ihrem Anblick. Transzendente Träume. Saharastaub über Novemberschnee. Ein zarter Biss in den Nacken. Weihrauch und Nebeldunst. Ein gefrorener Wasserfall und die Beschaffenheit von Eiszapfen. Der Klang von exotischen Wörtern wie *Kanaren* oder *Azoren*, *Limette* oder *Lametta*. Der Geruch von Zimt und Zitronen.

Du trittst mich mit Füßen, sodass Fruchtwasser auf den kalten Boden tropft. Du musst raus, denn ab jetzt bin ich ein Kadaver, ein Abrakadaver, der neues Leben hervorzaubert, bevor er in sich zusammenfällt. Also, hinfort! Raus aus meinem Körper, denn er ist mir nur geborgt, und ich gehe mit ihm um wie mit allen Dingen: Ich lasse ihn verderben und verkommen. Nicht weil es mir an Barmherzigkeit mangelt, sondern wegen meiner Unfähigkeit im Umgang mit allem, was bestehen soll und gehegt werden muss. Es ist mein Geist, der die Oberhand über meine Hände behält, ob sie streicheln oder strangulieren. Er ist es, der Schindluder treibt mit dem, was ihn am Leben hält. Selbst mein Ich steht unter seiner Fuchtel, ist ihm restlos ausgeliefert, denn es wohnt im Kopf, knapp hinter den Augen und im Frontallappen. Ich kann nur nach vorne schauen, dahinter klopft mir der Geist zum Zeichen seiner despotischen Überlegenheit gebieterisch auf die Schulter. Obacht vor der Obhut meines Geistes! Der Rest meines Körpers ist Anhang und Anhängsel, ein einmaliges Verschleißteil. Ich habe mich längst verschlissen, als es noch keinen Gedanken an dich gab, und Raubbau am Rohbau des Körpertiers betrieben. Neben dem Herz ist der Geist das Letzte, was ich aufgeben will, und der Verstand das Letzte, was ich verlieren möchte.

Noch war ich Kind, bald bin ich Kindsmutter und sitze zwischen den Stühlen, zwischen der eigenen Mutter und dem eigenen Kind. »Ruhig«, sage ich und halte mit meiner linken Hand den Bauch, während die rechte versucht, die wandernden Wölbungen einzufangen. Nicht dass mir der Fisch noch durch die Lappen geht! Ich habe Zeit. Ich kann warten. Ich bin noch nicht so weit. Man ist nie bereit. Es fehlt noch so viel. Du wartest nicht. Du forderst ein. Du nimmst, was dir gehört: den Augenblick. Und alles, was du kriegen kannst. Du schiebst. Und trittst. Und beanspruchst. Du bist. Von jetzt an wirst du immer sein.

Heute, an diesem Jubeltag, darf's ein bisschen mehr sein, denke ich und stecke mir Perlen an die Ohrlappen. Perlen vor die trächtige Muttersau! Man darf hoffen, dass etwas Glanz auf die Frischlingsgenetik übergeht. Draußen verhöhnt uns das Wetter und spielt im August April. Trotz Sturmwarnung müssen wir ein letztes Mal in See stechen, was dir Freude, mir Kummer bereitet. Du schaukelst die Landschaft auf mit deiner Unrast, du gibst den Ton an, der uns um die Ohren rauscht. Du lässt Blitze krachen und lachst in dich hinein, im Unwetter fühlst du dich geborgen. Der hohe Wellengang beruhigt dich in meiner Bauchhöhle, ihre expressive Höhlenmalerei besänftigt dich. Bei geglätteten Wogen horchst du auf und wirst nervös, denn wir, deine Eltern, sind rau, grob und geriffelt. Der Wind drückt die Haustür auf, Blätter brausen herein und drehen Pirouetten auf dem Fliesenboden. Der Regen spuckt mir frontal ins Gesicht, als gäbe es noch so etwas wie Würde zu verlieren. Der Kahn wartet und wiegt in den Wogen, dieses schwindlige Ding mit seiner rostzerfressenen Karosserie. Gleich sitzen wir drin, aber hoffentlich nicht fest, ich auf der Rückbank, dein Vater vorn. »Schneller!«, brülle ich aus Leibeskräften, denn ich will nicht, dass du denkst, die Innenbeleuchtung dieser Drecksschleuder wäre das Licht der Welt. Ich will nicht, dass du auf rollenden Rädern zur Welt kommst, denn nichts könnte dich je wieder bremsen. Woher kommst du, wenn du auf die Welt kommst? Orkanböen jagen uns hinterher, Regenschauer und Rückenschauer mischen sich. Das ist das Ende des Landes.

Wir verlassen sicheres Terrain, die Bäume bewerfen uns mit Kiefernzapfen und Kastanien und biegen sich vor Lachen. Wolken brechen und speien uns mit gigantischem Getöse ihre gelbgraue Galle vors zitternde Gebein. Wir haben Gegenwind. Wir sind auf dem richtigen Kurs, aber am falschen Dampfer, denn der ächzt wegen seiner Gebrechlichkeit. Das Gewitter gebiert schwarze Ungeheuer, die zuschnappen wie wilde Hunde. Es stinkt nach Morast und Mole, die Erde steht Kopf, das Land ist überflutet, der Himmel versandet, nichts ist mehr auseinanderzuhalten, die Gezeiten geigen auf. Fallwind unter den Füßen, jetzt haben wir doch noch fette Fahrt. Der Hoffnungsschimmer am Horizont leuchtet grün, wir durchtauchen die letzte Welle mit Ach und Krach und kentern vor dem Tor, die Kajüte überschwemmt von Fruchtwasser, Gischt und Schweiß. Jetzt heißt es anheuern. Wir wuchten meinen Corpus Delicti ins naheliegende

Spital, in das heut alle strömen, als gäbe es einen Jahrtausendabverkauf. Die Straßenlaternen flankieren uns, stehen wie Glockenblumen aufgedröselt am gepflasterten Weg und läuten die Geburt ein. Das Kind unterm Lichtkegel, sie beleuchten es wie beim Ultraschall. Es wiegt in mir ein Kindskopf, der nach unten drängt, der Muttermund und Mutters Mund nach unten drückt. Nun lässt sich nichts mehr leugnen, nichts verstecken. Wird's bald? Es wird bald. Roastbeef oder Rumpsteak? Jedenfalls im Ganzen. Bleibt nur die Flucht nach vorne, mit derben Flüchen nach allen Seiten, denn ich bin noch nicht so weit, du bist noch nicht fertig, es ist zu früh, Peperit interruptus! Doch nichts. Es ist August, der Löwe drängt aus seiner Höhle. Das Rindvieh muss einen Tierkönig mit Krallen gebären. Ein Dammschnitt ist ein Höllenritt, aus zwei mach eins, der Fetzen wird bei völligem Bewusstsein mit der Bastelschere aufgeschnitten, zickzack im schönen Kindermuster, ein Scherenschnitt, der dunkle Spuren einer Analfissur hinterlässt. Nur die gespitzten Münder der Babys erinnern noch an einen zum Küsschen bereiten Anus.

Vor uns: ein Landpomeranzenlazarett. Eine hellbeleuchtete Geburtsstätte mit durchsichtigen Pforten, durch die paarweise Menschen verschwinden. Man lässt sich gegenseitig den Vortritt, nicht aus Höflichkeit, mehr aus Verzweiflung, bereit, einen Rückzieher zu machen, statt es durchzuziehen. Doch das künftige Kind ist bereits etikettiert und über die Kassa gezogen. Wer wird dafür bezahlen? Und mit Karte oder bar? Nur Bares für Barfüßige, doch des Vaters Brieftasche gähnt, wie immer, und ich habe nur den Kompass dabei, meine einzige Mitgift, um in der offenen Prärie zu überleben. Anschreiben? »Klappe!«, schreit die junge Rothaarige ihrem Glatzenmann entgegen, der ihren Schmerz beschwichtigt. Was fehlt, ist eine Babyklappe für die vielen Kindsväter, die sich so benehmen, als wäre ihr Sperma ein blinder Gehorsamen. Den Vätern stehen Zweifel und Schrecken weiß und brechgrün ins Gesicht geschrieben, wenn sie ihre Liebsten stützen, gebärden sie sich wie kleine Knaben, die sich dafür schämen, beim Einkaufen mit der Großmutter erwischt worden zu sein. Sie sind wegen ihrer enttarnten Männlichkeit ganz blass. Jetzt gibt es kein Entrinnen, nichts mehr kann zurückhalten, was rauszudrängen versucht, ihn zu verdrängen, vom Thron der Schöpfungskrone zu stürzen gedenkt.

Der Schlepplift ächzt, als er uns in den zweiten Stock nach oben zieht. Werdende Mütter verstopfen den Gang wie trächtige Kühe, die bei jedem Wendeversuch vorwärts und rückwärts an allen Enden der Welt anecken. Sie bewegen sich, als quälte sie ein Plagegeist im Querformat. Ihre Hände sind überall, ans Geländer gekrallt, in die Rückenrippen gestützt oder vor die Augen gehalten, das Gesicht bedeckt. Eine junge Geburtshelferin notiert meine höchste Oktave und befindet, ich befände mich im Anfangsstadium. Sie öffnet lächelnd die Pforte zur Brutstätte und preist die Räumlichkeit, als wäre sie eine Luxussuite mit Bergpanorama. Hier also klumpen die Kinder kiloweise heraus, mit Sehnen, Flachsen, Knochen und Haaren, mit allem, was dazu gehört. Dabei ist es die Mutter, die hier gespalten wird, die als eine kommt und in zwei Teilen geht. Man hat sich sichtlich bemüht, das Schlachtfeld aufzuräumen, das Blut der Kampfspuren aufzuwischen, nicht jede verlässt diese Geburtenarena als Überlebende, indessen die Männer draußen Brot und Spiele erfinden, um die Leere in ihrer Brust, dieses unüberwindbare Entbindungsdefizit mit Mordlust zu kompensieren.

Im Kühlschrank liegen allerhand Blutkonserven für das rituelle Opferfest bereit. Das Entbindungsbett lacht eisigkalt mit seinen Silberzähnen: Gebäre und pariere, sonst kommst du auf die Totenbahre! Der Kreißsaal wirkt kahl und bemüht, gleicht einer aufgeheizten Turnhalle mit Fußpilzsporen. Dort eine Sprossenwand für die Spontangeburt des Sprösslings, der sich im Purzelbaum auf die Welt wuchtet und im Strecksprung präsentiert, bevor er zur nächsten Kür übergeht. Immerhin das Himmelstau, das von der Decke herabbaumelt, lässt einem die Wahl zwischen Akrobatik und Verzweiflungstat.

Ich werde einer Hebamme zugeteilt, die sich mit Kratzbürsten kämmt, ein Seeungeheuer, das bei uns anheuern will. Ich spüre sofort, sie ist ein blinder Passagier auf diesem Frachtschiff, ein Blender. Irgendetwas stimmt hier nicht, es stinkt nach Kieferbruch und

Kindesraub, faule Küste zu unseren Füßen! Unsere Chemie stimmt nicht, denn ihre riecht nach Zyankali. Zwei Bullaugen nehmen mich ins Visier, ein fremder Feind, dem ich jetzt ausgeliefert bin. Ein wirbelloser Kopffüßler, ein Riesenkrake, der beim Kindsvater andocken und mein Kind an sich raffen will. Blanke Verachtung unterspült meine gedehnte Quallenhaut, jetzt gibt es nur mehr eine Version und die ist eine Aversion gegen mich. Sie fragt, wohin ich heute noch hin wolle in meinem Aufzug, zu welchem Seefest? Sie sieht in mir das Flottenflittchen, das einspinnt und ausspannt. Sie ahnt nicht, dass ich meinen alten Kapitän einst wie ein gesunkenes Wrack vom Meeresboden geborgen habe, einen Hawara in Havarie, kein Schatz, kein Geld, kein Gold, ausgehöhlt und rostzerfressen.

Die Hebamme mit dem Hebarm versichert, ich hätte noch keine Wehen, nur Wehwehchen, als würde man sie mit Pflaster und Pusten beheben können wie ein aufgeschlagenes Knie. Doch in mir ist ein Ei aufgeschlagen. Ich stehe da steif wie Schlag, und das Küken poltert mit seinem Presslufthammer gegen seine Behausung. Die Hebamme nennt mich nicht beim Namen, sondern *Erstgebärerin*, als wäre die Bezeichnung eine Schmälerung meiner bevorstehenden Heldentat, ein grausames Schimpfwort, für meinesgleichen erfunden, und als zeugte meine Scheu von Schande. Ich schrumpfe. Wie eine Debütantin stehe ich da im Rampenlicht, ein kleines Mädchen mit weißem Rüschenkleid, Reifrock und Puffärmeln kurz vor ihrem ersten

Mal. »Eröffnungswehen sind erst der Anfang«, beteuert die Schreckschraube scheinheilig. Sie fragt, ob ich gedacht hätte, dass eine Geburt ein Spaziergang sei, ein Zuckerschlecken. Sie zwängt uns in einen Zwinger, weil wir für eine Weile untertauchen sollen, um zu schlafen, wie sie versichert, doch niemand schläft mit Schmerzen ein, außer um zu sterben. Nur der Erzeuger döst binnen Sekunden in der Kajüte und hängt sich an meine Boje dran. Sie löst den Dösenden aus der Umklammerung, um mich vor die Tür und ins Gebärzimmer hineinzuschieben. Kein Erbarmen für die Erbärmliche, der Folterknecht zieht mich an der Schwanzflosse in den Schlachtraum zurück, hält mir die Nase zu, flößt mir Gebärgalle in den Rachen und lässt einen weißen Gummihandschuh über die Handpuppenfinger schnalzen. Dann befiehlt sie, dass ich mich untenrum entblößen soll. Ich gehorche ihr, obenrum, mit dem Hirn. Bloße Blöße, meine Scham schämt sich vor der Schänderin. Ein fester Ruck durchfährt meinen tonnenschweren Torso, als sie mit ihren blanken Plastikkrallen in die Fruchtblase stochert, der rosa Luftballon und meine Kindheit zerplatzen synchron. Wie ein schäbiger Harlekin schaut sie mir zwischen meinen Schenkeln entgegen und zückt das nächste Folterinstrument: die Beißzange. Da schreit ein anderes Schlachtvieh aus einem Nebenraum und verschafft mir Zeit. Eine frische Mutter, die aussieht, als hätte sie ihre besten Jahre durchzecht, wird mit einem Stück Putenfleisch, das an ihren Brüsten hängt, an uns vorbeigeschoben. Das bist du, wenn du fertig bist: eine Vorbeigeschobene, eine Abgeschobene. Eine Beglaubigte, sofern Zeugen vorhanden. Die septische Hexe kehrt zurück, in Windeseile verwandelt sie den Ankerplatz in eine Hafengruft. Selbst den Moder macht sie mir madig, indem sie mir eine Harpune in meinen After schießt und allerhand Seewasser hineinpumpt, um mich von innen zu sprengen. Alles, was da außer Fleisch und Leben noch war, fließt den Kanal hinaus. So unwürdig ist das Leben und so banal. Zwei Demütigungen plagen mich am meisten: das Ausscheiden und das Dahinscheiden. Bevor man abkratzt, kackt man ab. Bevor man stirbt, entleert sich noch der Darm.

Der sadistische Kinderschreck lässt mir keine Verschnaufpause, dabei sind Hechelübungen nur Heuchelei, lauter Laute von Schwachsinnigen, ein Ablenkungsmanöver von der Gratwanderung zwischen Leben und Tod. Alles hier ist klamm, alles hier drin platzt aus den Nähten und hängt doch am seidenen Faden. Da kriecht mir der Geburtstroll mit seinen monströsen Nüstern unter die Nase. Sie riecht meine Verletzlichkeit, sie spottet und behandelt mich wie eine Unmündige. So eine Geburt sei doch etwas Feines, das Baby werde an den Beinchen herausgezogen wie das Häschen aus dem Zauberhut, Simsalabim, warum ich nicht aufhöre zu wimmern, sie könne mir beweisen, dass ich noch nicht wisse, was richtige Schmerzen seien, dass die richtigen Wehen noch milchstraßenweit entfernt sind. Schon schröpft das Untier seine Tentakel mit Saugnäpfen an meinen nackten Körper. Ich bin jetzt verkabelt und angekettet, und sie inhaliert die Herztöne meines Herzknaben, der mir aus meinem Bauch heraus die ersten Briefe schreibt. Er kommt ganz nach mir, mein Wehenschreiber. Wird er wie ich das Weh einmal in seinem Herzen tragen? Man hört Unterwassertöne, aber noch etwas anderes drängt nach draußen, meine Schwimmblase droht zu platzen, ich muss. »Nein, die Plazenta bleibt hier!« Die Kloakenkönigin verfolgt mich auf Schritt und Arschtritt, verbarrikadiert alle Aus- und Fluchtwege um mich herum und befiehlt: »Lass laufen!« Wir duellieren uns mit Blicken, doch meine Augen geben nach und ich entrichte meine Notdurft. Unter mir sammelt sich eine Sintflut, die nun niemand mehr aufhalten kann. Der Damm bricht, mein Wille bricht, ihr Wille geschehe. »Würde ist eine Hürde«, grinst sie mich giftig an, bevor sie meditierend auf den gelben Bach schaut, der zwischen meinen Beinen dahinplätschert.

Meine letzte Freiheit prasselt frivol auf mein Schlafgemach, tränkt die Tücher und beschwert die Stoffe und läuft dann über wie eine Kaskade im Kaukasus. Und während ich im eigenen Seichwasser sieche, schwöre ich, diese Brunzblunzenbestie abzuschlachten, niederzumetzeln und auszuweiden, sollte sie sich meinem Nachwuchs nähern.

Die Wehen walzen über meine Wampe, als würde der Krankenhauskobold mit seinem Nudelwalker meinen Bauch ausdrücken wie eine Zahnpastatube. Jetzt und hier herrscht nur noch Schmerz. Dazwischen packt mich die Angst davor, dass der Geburtstroll mein Gengemisch fladert, denn auch das eingeflößte Morphium tut seine Wirkung und streckt mich nieder im Sekundenschlaf. Dann wieder brülle ich aus Leibeskräften, eine Kreißin, die kreischt und kriecht und sich an den Fetzen klammert, der von der Decke flattert. Nicht mehr als ein Fetzen ist auch mein Lappenleib, der sich selbst auswringt, denn ich befinde mich in der Austreibungsphase. Ich fluche und verwarne die Wehenwachtel, meutere in der Muttersprache, als die Verwandlung in die Löwenmutter geschieht: »Gusch!«, und: »Goschen!«, schreie ich dem Krankenhauskobold entgegen. »Scher dich zum Teufel, du Menopausenmedusa, sonst kratz ich dir die scheelen Schieler aus. Du fauliger Fährmann, du Fehlgeburtenvisage, du mit deiner fauligen Dörrpflaume zwischen den Beinen.« Ich avanciere zur Bambuse, reiße das Steuer an mich, übernehme das Ruder, denn ab jetzt weht ein anderer Wind, und der ist ein Zyklon. Da gichtet es dem Geburtsgnom im eigenen Glashaus. Ihre Gevattervisage verhärmt im letzten Winkel, die Gesichtsfarbe wechselt. Schichtwechsel! »Man bringe sie ins Brig!«, schreie ich noch, als man sie endlich nach draußen verfrachtet, nach Hinterfotzing, wie ich hoffe. Ich habe mir meinen Platz auf der Kommandobrücke zurückerobert und manövriere jetzt zusammen mit einer redlichen Geburtshelferin das Mutterschiff. Auch der Kindsvater steht mir schließlich zur

Seite. Die gesamte restliche Besatzung befindet sich unter Deck und Tuchent und umringt staunend meine Mona Lisa.

Mein Gebrüll klingt bis zur Endstation. Ich brülle, blöke, wiehere, gebärde mich wie ein Vieh, das von innen heraus geschlachtet wird. In den Pausen reicht man mir eine saftige Orange, scheut keine Mühen, Fruchtfleisch für das Frischfleisch, denn nicht nur der Mutter steht ein Marathon bevor, Endspurt für die Mutter, Startschuss fürs Kind. Intimitäten existieren nicht mehr, und auch die Extremitäten sind bloß noch lasche Lappen, ausgeweitete Ärmel, die träge vom Rumpf fallen, weil sich jetzt alles auf den Nabel der Welt konzentriert, der so fragil ist wie eine mundgeblasene Kugel. Ich knie im Vierfüßler auf dem Entbindungsbett, während sechs Hände an meinem Geburtskanal herumfuhrwerken, als wären sie Gondolieri. O sole mio! Alle kreisen sie in ihren Sonden um meinen Canal Grande. Kein Winseln und kein Jammern hilft da noch, mir wird schwarz vor Augen und dunkel in der Seele.

Der hohe Blasensprung war wohl auch hirnrissig, die Hemisphären lachen hämisch über mich und meine stockenden Eierstöcke. Meine schwer erkämpfte Kontrolle kommt abhanden, mein Körper kapituliert, und auch mein Geist gehört und gehorcht mir nicht mehr. Aufgeben. Loslassen. Mein Körper befiehlt Selbstzerfleischung und zerstückelt sich. Er entbindet sich selbst. Er hat sich gebrochen und bricht auf und bricht aus. Auf diesen Moment hat er gewartet: Zum ersten Mal hat er Oberwasser, und mein Gehirn benimmt sich wie ein besoffenes Offiziersorgan, das lallt und brüllt. Die Sprache verliert sich in Urlauten, nichts unterscheidet mich vom Tier, das man spätestens jetzt erlösen würde. Notschlachtung! Ich flehe und winsle. Die Hebamme meint, ich solle so tun, als würde ich eine gewaltige Verstopfung durch meinen After drücken, und so fasse ich ein letztes Mal Mut. Ich, das schneidige Mädchen, die Waghalsige, der Wüterich. Nun packt mich die Geburtsschneid, und der Muttermund wiehert: Yee-haw! Ich presse und drücke und lasse gleichzeitig mein Leben los. Das Kind will mit dem Kopf durch die Plazentawand. Ich bin die Gebärerin, die Kreißin, der Mittelpunkt des Spektakels, der Ursprung, die Urheberin neuen Lebens. Ich bin die organische Geburtsstätte, bin die fleischgewordene Geburtsgrotte, doch ich sehe nichts davon. Der Sarkasmus der Natur: Ich sehe die Geburt nicht, ich sehe das Kind nicht. Ich bin bloß Gefäß, bloß Körper. Weiß der Himmel, wie dieses Wunderwerk vonstattengeht, ich sehe es nicht mit eigenen Augen. Alle Anwesenden schwitzen und starren auf das Loch, das da von Männern gepriesen, von den Söhnen gefürchtet und von den Frauen verflucht wird, das Portal in eine andere Welt. Volle Kraft voraus! Die Spitze des Eisbergs bricht durch meinen Beckenrand, ein dunkler Schopf der Schöpfung, »so viele schwarze Haare«, schreit die Hebamme. Jetzt haben sie den Wattwurm an der Angel. Gleich rutscht er von meinem Beckenrand, der bis jetzt der Rand seiner Welt war, fällt weich ins kalte Wasser und dann in Mutters Hände, in mehrjährige Haft im offenen Vollzug bis zur Strafmündigkeit. Ich aber falle in mich zusammen, ein Häuflein Elend und ein Haufen Geschrei. Das Martyrium endet im Morgengrauen, das Wunder ist vollbracht: Mein Körper hat sich repliziert. Doch nicht nur das, er hat auch noch das Gegengeschlecht drangezaubert. Mann über Mutterbord! Und du schreist und wütest ohne Unterlass, du bist entrüstet über deinen Zustand in dieser Welt. Du brüllst dagegen an, ein Zornbinkel, wie ich erst einer werden musste. Jetzt endlich legen sie dich mir auf die Brust, wir schlagen Herz an Herz. Abgöttisch! Mater Dolorosa.

In Trance prägen sich die Mutteraugen das Kindesgesicht ein. Deinen Geruch, deinen Geschmack, deine Klangfarbe. Deine Haut, dein Haar, dein Hier. Ich bin überwältigt von deiner Präsenz und demütig wegen meiner Unversehrtheit, ein weiteres Mal mit Schürfwunden und blauen Flecken davongekommen. Jetzt fließt auch noch die Ursuppe aus meinem Uterus, das ganze Geschwader der Geburt, die Fetzen einer gewonnenen Schlacht. Unser Verbindungskabel pocht noch warm, als der Erste Offizier es kappt. Er übernimmt das Steuer, während sich das Mutterschiff in der mannshohen Kabine reinigen darf.

Ich sitze am Fliesenboden und lasse das heiße Wasser über meinen Körper laufen, die Blutrinnsale mäandern in den Abfluss. Meine Beine sind knallrot und beißen schon, der Dampf dringt durch die offene Dusche ins Gebärzimmer. Das Glück gleicht einer Genesung. Endorphine bescheren mir ein Freudenfest, nichts ist mehr da, was mich beschwert. Ein bisschen riecht es nach Tod, ein bisschen nach frischem Dasein.

Wir schlafen. Immer wieder schlafen wir, und jede Sekunde kontrolliere ich, ob du noch auf meinem Leib liegst. Später werden sie der Gladiatorenmutter Gladiolen vor die Füße werfen, doch mein Hauptpreis ruht auf meiner Brust, liegt mir am Herzen. Alle meinen, du wärst so runzelig, das würde sich noch legen, die Frischluft werde dich noch glattbügeln. Aber du bist nicht glatt. Du bist ein Umwälzer, einer, der immer das Gegenteil von dem tut, was man von ihm erwartet. Ein Antonym. Ein Babyberserker. Wildfang. Wirbelwind. Wildes Kind. »Das sieht man sofort«, versichern die Krankenschwestern, so wie die Ärzte sofort gesehen haben, dass du zu gelb bist im Gesicht. Ja, was sonst? Du bist doch ein Löwe, ein Sonnenblumenaugustkind.

17

Besuch bei einer Wöchnerin

Wind pfeift über die Felder, der Frühling räumt den Winter auf. Am Abend vertreiben die Straßenlaternen billiges Licht, sie beleuchten die Bühne unseres Forum Romanum: ein gefallener Triumphbogen, Trümmerhaufen und Ruinen, unser Garten gleicht einer Ausgrabungsstätte. Die Igel klirren mit dem Abendgeschirr, ich halte dir die Ohren zu, damit du dich nicht stichst. Ein Wesen wurde mir unter den Arm geschoben, das die Natur hervorgezaubert hat. Ein Zauber nur kann es gewesen sein, denn ich habe nie gesehen, woher du wirklich kamst. Du warst käsig und blau und schmierig, hast deine Augen zusammengekniffen und geschrien, als gäbe es keine Zukunft. Als gäbe es nur eine Vergangenheit, an der du hingst wie deine Großmütter an Geranien und alten Gardinen. Du warst entrüstet, als hätte man dich zu etwas gezwungen. Voller Inbrunst hast du gewütet, deine Schreie wie eine Anklage, gegen mich, die Welt und ihre Zumutungen gerichtet. Als wäre es dort, wo du herkommst, besser, als hätte dich jemand gewaltsam deiner Heimat entrissen. Doch es war Notwehr, mein Körper bestand aus Kontraktionen, mein Unterleib spie, er übergab sich vaginal und kotzte sich die Seele aus dem Leib, nein, deine Seele aus meinem Leib, deinen Leib aus meiner Seele. Irgendwo waren wir aber auch noch etwas verloren ineinander. Nur die Kirchenglocken, die direkt neben unserem Krankenhauszimmer explodierten, haben uns an ein Draußen erinnert, innen waren wir fragil wie knirschende Eispfützen im Vorfrühling. Jeder Morgen lag mir noch stundenlang im Magen, bei jedem Erwachen die Panik, du könntest verschwunden sein, du wärst ein Wahnwitz meiner Seele, ein Trugbild, das ich mir mit himmlischen Pastellfarben ausgemalt hatte, eine zerbrechliche Scheinarchitektur unter meiner kranken Kopfkuppel.

Das Mondlicht bleicht dein schlafendes Gesicht, und ich beleuchte dein Leben, erwäge die Möglichkeit eines Mondbrands und ziehe den Vorhang zu. In diesem blassen Licht hat es den Anschein, als wärst du ein Anschein. Ich überprüfe deine Atmung und lege mein Ohr an deine Brust. Dein Herz schlägt schneller als meines, weil es sich noch behaupten muss. Wenn ich deinen Schlaf bewache, kann dir nichts passieren. »Beschütze dieses Kind!«, flehe ich gegen oben und unten und in alle Himmelsrichtungen, während mich Demut überfällt. Eine noch nie dagewesene Demut, eine abhandengekommene Demut, die ich im Laufe meiner Jahre aus Trotz gegenüber jeglicher Vergänglichkeit abgelegt hatte und die sich nun in mein Innerstes zurückschlich, als bestünde die Hoffnung, dass alles vergeht, nur dieses Kind nicht. Ich wollte das Prachtstück, dich, in Kunstharz gießen und mich dazu. Deine Seele mit Ziegenmilch übergießen, um sie zu konservieren, dabei wusste ich längst, dass du ein Heiliger bist. Und Vergänglichkeit ein Vergehen gegen Unheilige. Dass deine Exkremente wie Reliquien zu behandeln sind, jedes Haar, jeder Fingernagel wie die fehlende Ingredienz eines Weltrettungselixiers. Eine Elementarkraft, eine Naturgewalt hat uns entzweit, dabei wollte ich für immer mit dir vereint sein, dich zeitüberlebens an mich schnüren. Unser Hautkontakt war Haute Couture, ich trug dich wie einen prächtigen Goldschmuck vor meiner Brust, und du hast heller geglänzt als ein Heiligenschein. Auf einmal warst du da und hast mich in Beschlag genommen, sodass mein Atem ganz alt wurde und die Fensterscheiben sofort beschlugen. Wir hausten in einem Verschlag, den dein Vater provisorisch zusammengeschustert hatte, ein Verschlag, in den man über eine Öffnung in der Küche gelangte oder über die Hintertür, durch den Katzenschlurf, wo es immer ein bisschen brunzelte und nach Mäusemuff roch, weil unter den Brettern ganze Kolonien dieser Grauviecher nisteten. Die Verwandten sagten, wir sähen aus wie Jesuskind mit Esel und Rind in einer morschen Krippe.

Ein ungeduldiges Mäulchen schnappt hastig, blind, weil die Milch ihm in die Augen spritzt, Fontänen im

Schlaraffenland eines Säuglings, Mutterliebe im Milchüberschuss. Da schmatzt schon jemand an meinem Körper und beäugt mich mit vollem Mund, als wäre ich seine Prägung, und ich denke an ewiges Leben. Der Schmerz am Zweifel daran durchfährt mich, der seit seiner Niederkunft eine neue Dimension angenommen hat, die Potenzierung allen Leids und aller Liebe. Herrgott oder wer oder was auch immer, entbinde mich von meiner Verantwortung für dieses himmlische Wesen! Ich werde diesen Verschlag nicht verlassen, nicht für den Bruchteil einer Sekunde, mich in den letzten Herrgottswinkel mit ihm verkriechen, um es vor dem blanken Leben zu bewahren. Herrgott, entbinde mich von meiner Schuld! Wie ein nackter Frosch mit angewinkelten Schenkeln hockst du da und bestehst aus nichts als Liebe zu mir und existenziellem Verlangen. Und sobald du dich sattgesoffen hast, quillst du über. Alles, was ich bis dahin getan hatte, war nichts weiter als Kopfgeburten, denke ich bei deinem Anblick: Nichtigkeiten.

Das Geschwader der Verwandten kommt angerückt, mit Geschwafel, das nach Schwefel stinkt. Sie wollen dich nach Hause verfrachten, in ihre eigenen Wände, weil es jetzt zwei Kinder gibt, dich und mich, sie sorgen für uns beide. Doch Sorgen und Särge liegen eng beieinander, und du kennst kein anderes Daheim als meinen Körper. Die Großmütter versuchen, dich mit all ihren Weihwassern zu waschen. Sie kennen die frommsten Namen für dich, wollen deine Mütter sein, Müttergottes, die Matrizen deiner vollendeten Form. Doch ich trage dich allein in unseren Bau, wie ein Hund, der seine Beute verscharrt, wenn er nicht teilen will, und gäbe es Schlüssel, ich sperrte zu, gäbe es Türen, ich öffnete sie nie.

Bei unserer Rückkehr setzt es Realitätswatschen, denn es gibt keinen Rückzug, allein in unseren Blicken herrscht Zuflucht. Jeder spaziert hier ein und aus, es gibt keine Schlösser in unserem Verschlag, der Wind zieht durch wie die Besucher, die ihre Mäntel hier nicht ablegen und ihre Schuhe dort nicht ausziehen, weil ihnen kein Land heilig ist. Und ich möchte schreien: »Raus hier! Erkennt ihr denn den Heiland nicht?«

Mütter kommen in Scharen, um mir weiszumachen, dass Stillen der höchste Ausdruck der Mutterliebe sei, reinweiße Muttermilch, sauberes Säuglingssubstral, alles andere sei rabengleich und minderwertig. Entweder bist du Amazone oder Stelldichan, »Geht nicht, gibt's nicht!«, nur Verweigerung und zu wenig Schweiß. Biestmilch von der Mutterbestie mit Proteinen, Enzymen und Vitaminen, da wächst ein waschechter Berserker heran. Das Kolostrum sei eine kolossale evolutionäre Errungenschaft, ein Lebensauffetter, ein Fettpolster, an dem das Kind noch in mageren Jahren zehrt, gar bis ins hohe Alter hinein. Ob ich dem Kind hoffentlich die erste Muttermilch nicht verwehre, fragen sie und erklären, dass es zwei Möglichkeiten gibt, wenn das Stillen nicht auf Anhieb gelingt. Die erste: Kind anlegen, zusammenreißen, Angebot schafft Nachfrage, also: anlegen, anlegen, anlegen! Bis die Brust blutet und die Schmeißfliegen surren: trinken, anlegen, trinken, anlegen, anlegen, anlegen! Irgendwann dockt das Kind von selbst an. Die Brust muss spritzen, noch bevor das Baby die Lippen schürzt, so hat es die Natur eingerichtet, einerlei wie sehr man sich verrenkt. Und schau dem Kindlein ins Gesicht, dann fließt es von selbst, dann fließt alles, dann bist du im Mutterflow. Und wenn der Erfolg ausbleibt, leg dein Kind ab, gib dich mit zweitklassiger Mutterschaft zufrieden und: *Pump it up!* Das Baby schreit die Brust an, damit die Milch einschießt: *Louder!* Startschuss für den Unterdruckerzeuger, setz die Hebel in Bewegung und die Milchpumpe an. Plastik auf Haut, Vakuum auf Warze, und dann: *Turn that shit up! Pump it!* Drück auf die Tube, zapf den eisernen Vorrat an und heb die Laktationskurve wie damals deinen Rock. Alles im Takt des Metronoms, das den Beat vorgibt. *Pump it up!* Denn eines ist klar: Wer nicht stillt, ist kein Selbstversorger, wer nicht stillt, ist nicht gerüstet für den Härtefall, sitzt im entkoppelten Wagen am Abstellgleis der Evolution und zieht im Weltuntergangsszenario den Kürzeren.

Auch der Erzeuger sei nach der Geburt nicht zu vernachlässigen. Sobald das Kind im tiefen Schlafe liegt, könne sich die Mutter dem Manne widmen, wenn es zwischen seinen Beinen ziept. Mutter und Ehefrau, das ist Multitasking im Vollbetrieb. Frau ist immer

Tankstelle. Tanke für die Männer der Welt. Wer seinen Mann halten will, lasse ihn am besten noch ins Wochenbett und sei voll der Gnaden, wenn ihr der holde Begatterer den Babyblues auszutreiben versucht. Er pumpt seine Muskeln auf, sie die Milch ab. Die Wöchnerin begebe sich in die stabile Seitenlage, schiebe das Höschen beiseite und stecke den Kopf in den Bettspalt. Spätestens ab Mutterschaft weiß man: Die Würde des Menschen ist abtastbar und abgegriffen. Vorne schmatzt das Kind am linken Busen, von hinten greift der Ehemann auf den rechten, sein gutes Recht. Dann beginnt er mit der Reanimation im Rhythmus des Radetzkymarschs und schwingt seinen Stab. Tatata tatata tatata ta ta. Heimelige Hymne Hösterreichs. Doch beinahe bricht er seine Lanze fürs Familienglück, denn er tut sich schwer, fast wie beim ersten Mal, das Schlupfloch zur Kompensation seiner männlichen Unsicherheit zu finden. Es ist zu schmal, als dass er sich darin heimelig fühlt. Da erinnert er sich an das Gezwinker des Oberarztes, der, zwischen den Beinen seiner Frau herumfuhrwerkend, ihm einen Vaginalstich der Sonderklasse ohne Zusatzversicherung versprach. Die Vulva wäre in diesem Fall wieder wie neu, ein Sparschlitz für sexuelle Sparschweine, es gäbe keine Spielchen mehr auf der alten Leier, eher ein Rollenspiel auf dem Entjungferungskanal. Heimelige Hymen Hösterreichs.

Die Stillnazis lassen nicht locker, flockig schnalzen sie mit ihren Zungen und erteilen Ratschläge aller

Art. Sie erkundigen sich nicht nach mir, wohl aber nach dem Befinden meiner Nachgeburt und verlangen zu erfahren, ob sie im Tiefkühlfach zwischen Himbeeren und Heidelbeeren auf Eis liegt, um im Frühjahr als Heilerde für einen Lebensbaum zu dienen oder als Nährboden für Orangenbäume. Man könne aus den Stammzellen auch Organe züchten, sollten die des Kindes frühzeitig versagen. Ich weiß nichts davon und schäme mich dafür, mein Kind durch meine Unwissenheit um ein Zuchtorgan gebracht zu haben. Der Goebbels unter den Stillnazis, eine Urmutter mit Urwampe, fragt nun, wann ich darnach trachte, wieder trächtig zu werden, am besten auf der Stelle, hier und jetzt. Es wäre eine Mairevolution, wenn Fürst Metternich mit der Bauerstochter das zweite Kind zeugte, noch bevor das erste laufen kann, und das möglichst unter Augenzeugen. »Kein zweites«, antworte ich ihnen, »es kann nur einen Kaiser geben«, und ernte faulige Fratzen und Kartoffelgesichter.

Empörung auf ihren Emporen, auf die sie steigen, um sich über mich zu erheben. So ein Einzelner sei ein Einzeller, schreien sie, ob ich wisse, was ich dem Kind damit antue? Kinder ohne Geschwister seien minder. Wer kümmere sich um den Nachwuchs, wenn kein Vorfahre mehr vorhanden ist? Ihre Entrüstung ist nicht gespielt. Sie lauern auf meine Unsicherheit, auf meine Zerrissenheit. Auf meine Reue. Die vielleicht in zwanzig Jahren zutage tritt, vielleicht früher, vermutlich vehement. Doch nicht aus Gutmütigkeit, aus Mitgefühl gegenüber meinem Kind lauern sie auf mein Schuldgefühl, sondern aus Missgunst, denn sie wissen, dass man mit Mehrkindern Abschläge in Kauf nehmen muss.

18

Das Mutterkostüm

Ein Lungenentzündungslüftchen fegt durch den Feber, ich lese, während du mit Tierfiguren fabulierst und für sie Savanne und Tundra auf dem Orientteppich entstehen lässt. Wir verlassen unsere einsame Höhle auf deinen Befehl. Die Bäche klirren noch, wenn das Eis über sie hereinbricht. Vögel schwärmen zurück, Reiher besetzen die Gefilde der Vorauen, Kormorane kolonisieren den Weiherwald, ein Habicht zerteilt ein Karnickel mit seinen Krallen. »Komm, wir gehen Ameisen streicheln«, befiehlst du weiter, dann nimmst du meine kleine Hand in deine noch viel kleinere, und wir bauen ein Gehege mit Puppenbett für die Königin. Die Ameisen leben in ihren erhabenen Bauten unter unserem Küchenboden, unsere Frühstücksbrösel sind ihr täglich Brot, unser Schweiß ihr Trank. »Obacht, ein Habicht!«, schreie ich, werfe mich dem Himmel entgegen, und als du dich duckst, sitzt du schon in der Falle. »Hab ich dich!«, schreie ich und bekomme dich am Arm zu fassen.

Arm an Worten sind wir nicht, wir besitzen Doppelzungen. Noch als ich kindsgroß war, haben meine bloßen Schneidezähne die zornige Zwetschgenzunge gespalten. Wir Kinder waren chronisch übermütig, wir sprangen von drei Meter hohen Heuballen, von den höchsten Astarmen und von Holzstößen herab auf Erde, Beton und Asphalt. Mein Sprung vom Schuppendach lehrte mich das Fliegen. Ich flog, als könnte ich mit einem Satz die Welt anhalten, als könnte ich mit meinem Mut das Leben über die Zeit hinaus verlängern. Also sammelte ich alles, was ich davon hatte, und sprang. Die Zeit verzog und verzögerte sich. Ich sprang und flog und fiel, um den anderen aufzufallen. Um sie auf den Boden zurückzuholen, auf dem ich landete, damit sie ihre Überheblichkeit ablegten wie ein Mäntlein, das sie mir für eine weiche Landung vor die Füße warfen. Ich biss die Zähne zusammen, wie ich es schon bei meiner Geburt gern gemacht hätte, doch am Anfang und am Ende sitzt kein Beißerchen im Fleisch. So lächerlich macht uns der Tod im zahnlosen Zustand, dass wir nicht einmal imstande sind, ihm zu guter Letzt die Zähne zu zeigen. Zwischen den Zähnen lag die Zunge, dieser lächerliche Lückenbüßer, ich hatte die Spitze abgebissen, meine Backen füllten sich mit Blut. Der Zungenbrecher war gespalten, der Damm gebrochen, die Zunge lag mir auf der Zunge. Ich spuckte mein eigenes Rot rhythmisch auf die Kleewiese, als ich zur Mutter rannte, meinem Ursprung entgegen, in der Hoffnung, sie könnte meine Blutung stillen.

Die anderen Kinder folgten der Tropfspur meiner Verletzung, nur nicht Hagen, der erlitt akutes Herzversagen. Der Bergdoktor nähte, ohne sie zu betäuben, die Zunge der Täubin, die nur mehr gurrte und gurgelte. Die Täubin, die zuvor mit ihren Flugkünsten dick aufgetragen hatte, obwohl sie die Kleinste und Schmächtigste von allen war, die, deren Augen beim leisesten Gegenwind tränten, prahlte, weil sie dazugehören wollte, zum Schlag, zum Schwarm. Denn sie gehörte nirgendwo dazu, nicht zur Mutter, deren Schädel schon von zu wenig Serotonin schwirrte, nicht zum Vater, dessen Umtriebe kein sicheres Verweilen boten, nicht zu den Geschwistern, die voller Neid auf das jüngste Küken hin pickten. Am ehesten noch zu den Vagabunden, den Landstreichern aller Landstriche, die in finsteren Nächten in Heuschober schlüpften. Zu denen, die man vergessen zu haben schien, bevor man sich erschreckte, wenn man über sie stolperte wie über Steine, die einem im Weg lagen und über die man lieber schnell hinwegstieg, ohne sie zu berühren, weil man eine Kontamination mit ihrem Unglück scheute, wenn man bei einem unbedarften Schritt den Halt verlor und strauchelte. Ich fühlte mich nicht nur ausgeschlossen, ich erlebte mich als Verdrängung. »Du hast hier nichts verloren«, haben mich die Schwestern wissen lassen und mir mit ihren Stöcken zu verstehen gegeben, ich sei von einem anderen Schlag. Die Eltern hatten meinen Geburtstag vergessen und nannten mich bei falschen Namen. Und sie fragten, ob ich taub sei, wenn ich mich wieder in meinen inneren Verschlag verkrochen hatte, eine taube Täubin, eine Eremitin im Elfenbeinturm. Dabei war ich zu dem geworden, worin ich hauste.

»Aua!« Du holst mich auf den Boden zurück, indem du schreist, weil du dir im Piratenbaumhaus einen Schiefer eingezogen hast. Das Holz steckt so tief in deiner Hand wie ich in deiner Schuld, denn ich muss deine Epidermis verletzen und eine Nadel zwischen deine Papillarleisten stechen, um den Fremdkörper aus deinem Leib zu entfernen, ohne dabei deine Identität zu gefährden. Ein Drahtseilakt, der mir viel Schweiß und dir die letzten Reserven abverlangt. Ich hole das hölzerne Miststück heraus, und du hustest mir was. Dein Husten klingt, als würdest du aus helllichten Höllen sprechen, du sprichst, als hätte der Höllenhund von dir Besitz ergriffen. Es wird finster, aber deine Stirn glüht wie der Draht in meinem Herzen, meine Extrasystolen, die jetzt aktiviert werden, weil die Pumpe auf einen Schlag mehr leisten muss. Ich flöße dir heißen Honigtee ein, um den Viren einzuheizen, ich wache und weiche dir nicht von der Seite, ziehe die Nestwärmestränge aus meinem Leib und wickle sie dir um deinen Körper. Dein Röcheln gibt Auskunft über die Enge in deinem Rachen. Ich bin im Alarmzustand, mein Geist ist gereizt, mein Körper angespannt, gelähmt und wie in Winterstarre, weil es dich stets in den Frostmonaten an der Gurgel packt und dir den Hals zuschnürt. Pseudokrupp nennt man den viralen Schlägertrupp, eine laryngospastische Landplage, ein Handicap mit Kreppkragen und Halskrause, eine abscheuliche Galgengefahr. Meine Atmung setzt aus, damit ich deine hören kann. Ich klebe mit meiner Haut an deiner Haut und treibe deine Temperatur in die Höhe. Rauffiebern, ausschwitzen. Jedes zehntel Grad auf oder ab wird registriert. Du hustest wieder und ich spritze dir die Medizin in den Rachen, die Angst riecht chemisch nach Erdbeere. Du schläfst auf mir, ich bin dein Polster, erhöhe dich und wiege dich in meinem Atem. Jeder Laut läutert mich. Deine Hustenanfälle beruhigen sich gegen Mitternacht.

Ich denke an die jungen Eltern, die ihr totes Kind im Arm zur Ambulanz tragen. Es sind meine Eltern, als sie noch nicht meine Eltern sind. Zu einer Zeit, da ich noch nicht gedacht bin, weil jeder Gedanke an mich Folter gewesen wäre, nachdem sie meinen Bruder verloren haben, der durch nichts zu ersetzen ist, nicht einmal durch mich, schon gar nicht durch mich. Ich sehe die Mutter vor mir, wie sie brüllt vor Schmerz, wie sie sich einnässt, weil der Körper schon aufgegeben hat, wie sich ihr Gesicht zu einer qualvollen Fratze verzieht, wie sie brennt und ertrinkt, wie jede Flamme in ihr erstickt, wie sich Asche auf ihr Haupt legt, wie sie ergraut, sich verfinstert und schließlich schwarz wird, wie sie ihren Herrgott anklagt, der jetzt als Holzfigur vor meinem inneren Auge aufkreuzt, der im Herrgottswinkel hängende Herrscher über Hof und Heim aus vergangenen Kindertagen, wie sie ihn ansieht, als wäre er eine cerebrale Ausgeburt ihrer Krankheit, als wäre er Urheber und Verursacher jeglichen Verderbens, als wäre jede Metamorphose nichts weiter als Mumifizierung, eine grausame Etappe Richtung Untergang, ein Schritt auf dem Weg zum Zersetzungsziel Mount Neverest, als mündete jeder Zufall in Zerfall, als ginge ihr ein Licht auf, dass alles Leben eine Demaskierung der Vergänglichkeit sei, dass alles in uns und um uns herum Dunkelheit ist, als diente dieses Licht lediglich dazu, die Finsternis zu erkennen, als wäre das ewige Licht, das uns leuchtet, eine Lüge, als wäre der Tod des eigenen Kindes ein Fehler im Sonnensystem, das sich nun selbst zerstört und ein Schwarzes Loch ins Universum reißt und einen Hieb in unser Dasein, als wäre die Sonne ein siedender Simulant, ein Blender, ein billiges Kerzenflackern unserer Scheinwelt, das uns in schlechtes Licht rückt, das allem Schrecken Gestalt gibt, doch keinen Namen.

Ich sehe die Mutter glasklar wie nie, wie sie den, dessen Namen sie nie vergessen wird, anklagt, wie sie ihn an den Pranger stellt, bevor sie sich am Gipfel seines Kreuzes zu erhängen droht. Weil er mit jedem Menschen, den er hervorbringt, einen Infantizid begeht, weil alle Menschen Kinder und alle Kinder die seinen sind. Als wäre das ein Gesetz, das sie in diesem Augenblick begriff und nie verstehen würde. Und vor ihr erhebt sich der Vater, nicht der himmlische, sondern der geerdete, der aus Fleisch und Blut, der später mein Vater sein wird und dem es jetzt den Boden unter den Füßen wegzieht. Vielleicht steht er auch nicht vor ihr, sondern hinter ihr, die Mutter jedenfalls drängt in den Vordergrund, läuft noch weiter auf die Kamera zu, die eigentlich die Glasfront des Kinderspitals ist und gleichzeitig mein Gesichtsfeld. Sie schaut in die Linse, Nahaufnahme, dann Detail. In jedem Winkel ihres Gesichts haftet eine Historie von Hiob. Und daneben oder davor oder dahinter der Vater, dessen junges Gesicht ich mir ohne den maßgeblichen Vollbart seines späteren Gesichts kaum vorstellen kann. Der plötzlich in seiner Hilflosigkeit nicht mehr weiß, wer er ist und wen er da auf seinen bärenstarken Händen trägt, die jetzt machtlos sind, Samtpfötchen. Er blickt nicht in die Kamera, nicht in meine Augen. Sein suchender Blick: der Blick eines Kleinkindes, das seine Mutter aus den Augen verloren hat, darin Panik, Pein und Plage.

Dein Husten weckt mich auf. Für eine Sekunde muss ich eingeschlafen sein. Ich streichle über deinen Kindskopf und wiege dich in Sicherheit, denn ich bin vorbereitet, verfüge über die Kortisonbombe im Kühlschrank und das Vermögen, Ruhe zu bewahren. Du hustest wieder und weckst nun auch dich auf. Deine Stimme klingt nicht nach Organ, es ist eine Heiserkeit ohne Nuancen. Du schnappst nach Luft, und ich beginne zu schwitzen, drücke dich an mich, setze dich auf. Dein Atem setzt aus, immer wieder, du ziehst die Luft ein, als gäbe es zu wenig davon. Ich zerreibe Rapsöl auf meinem Finger und deinem After, damit das Kortisonzäpfchen seinen Weg findet, du bäumst dich kurz auf, ein Widerstand, den ich zu deiner eigenen Sicherheit abwehre, und während der ganzen Prozedur verspreche ich dir den Erlass aller je ausgesprochenen Verbote. Atemnot durch die Nacht, es ist ein giftiger Ohrwurm, der sich in meinen Gehörgang dreht wie die Schraubenspindel eines Korkenziehers. Im Kampf gegen dieses schreckliche Ungeheuer von Ohrwurm erzähle ich dir vom Schlaraffenland, ich erzähle nicht von Vierkanthöfen aus Pofesen und Bauernkrapfen, von Gewächshäusern aus gebratener Gänsehaut und blauen Wundern, von Griesgramnockerlsuppen und beleidigten Leberwürsten, von Sickergruben voll Beuschel und dem Mürbteig, aus dem die Menschen hier gemacht sind. Die tiefe Stimme deiner Marlboro-Mutter und ihr krächzendes Kolorit aus Kaiserzeit beruhigt dich allmählich, vielleicht ist es aber auch das Papperlapapp der plappernden Pappeln im Wind, unter denen wir stehen, du eingewickelt in die dicke Tuchent und ich halbnackt und barfuß im Schnee. Mein Mutterkostüm funktioniert, die Nacht bleibt schwarz und klar, ich stolpere über die Sterne, weil ich rückwärtsgehe, und steige auf den Kieferbruch, die vom Winterwind gebrochenen Äste. Ich wiege dich wieder im Wiegenbett, und du fällst in einen tiefen Schlaf, Happyend für heute, ich klopf mir auf die Schulter.

Ich habe mir ein Mutterkostüm gebaut, genäht und gezimmert, das schläft nie. Es ist ein Kostüm für Übermütter, ein universelles Umstandskleid mit unzähligen Weltraumtaschen darunter, das Platz für Planeten und Plätzchen bietet. Noch als du in meinem Körper heranwuchst und ihn formtest, habe ich die Kleiderkluft gedreht, gedrechselt und geschreinert, niemand sonst durfte Hand anlegen, ich allein habe mir das Gewebe auferlegt, ich allein, der Weberknecht deiner Wünsche. Während die anderen Mütter in ihren Gemächern schnarchten, bin ich aus dem Feldbett gekrochen und habe Nadel und Faden bei Nacht und Nebel gezückt, um meine Narben in Nähte zu verwandeln. Das Muster nahm ich von der eigenen Buttermodelmutter, dem alten Kerbholzkauz. Sie lag da blank und mutterlos auf der weichen Matratze wie eine Matrize, ich walkte und frottierte ihren Leib, dann kochte ich ihr die schweren Knochen aus. Ich zerteilte ihre fürsorglichen Gebeine, die zart wurden wie filigranes Elfenbein und spitz wie Säbelzahn. Ich schwitzte. Ich seufzte. Ich heftete die gegerbte und geerbte Masse ab und modellierte alles originalgetreu nach dem Vorbild der Muttergottes. Heraus kam ein Schnittmuster mit Schnittblumen: Lilien, Pfingstrosen, Akelei. Es steckt so viel Liebe darin und daran, dass es ständig floriert. Das Mutterkostüm ist ein Unikat aus Brokat und Goldzahnketten. Mein Körper ist das Kleid. Das Kleid ist mein Körper. Es besteht aus einer Muttermembran, das sind hunderte Hautschichten aus einer Unterschicht, verschorft und schusssicher. Ich bin Muttertier und Muttertextil. Rossnatur und Raststätte, ein Freak im Frack. Ich trage eine Schürze für alle Geschichten, die ich dir auftische, bin Gottesbrautkleid und Schürzenkittel. Meine Garderobe passt zu jeder Gelegenheit, Stoff ist Staffage und ich darin leibhaftige Mutter darin und daran. Meterware ist Mutterware. Ich habe mich innen ausgestopft und ausstaffiert, mit Zeitungspapier und Mutterparolen, damit das Kostüm keine Dellen bekommt. Wir liegen und lagern, und während du schläfst, nähe ich weiter, ich nähe mit deiner Nähe, mit der Naht deiner Träume. Ich nähe und nähre mit der Nachtnaht ein dunkles Kleid, das mit allen Wassern gewaschen ist. Der Stoff darüber ist aus Wolken, die nicht welken, und Wind. Alles ist weiß. Alte Narben werden zu Nähten. Schwarze Löcher verschluckt. Zehn Fingerhüte werden vor einem Kind gezogen, das mich Mama nennt. Es ist ein Kostüm für die Mutter des Lammes Gottes, das hinwegnimmt die Sündenböcke der Welt, also bin ich das Schaf mit der Schärpe, darauf steht: Muttergottes. Es ist ein unvollendetes Kuttenkleid, mit dem man nicht fertig wird, ein Kerkerkostüm, das kaschiert. Eines, das sich immerzu verändert und organisch weiterwächst, sich mit Armen und Beinen verbindet und mit meinem Körper kombiniert, eines, das zu jeder Jahreszeit blüht. Seine Nähte sind aus festem Draht, Muskeln sind Stränge, und Seile sind Fasern, durch meine Fäden fließt lockeres Blut. Die Schnüre ziehen sich durch das Körperkleid und fädeln alles ein. Nichts bleibt offen, nirgends ein Loch. Das Passepartout passt, alles im Rahmen, alles präpariert. Keine Naht gibt nach, es ist widerborstig und stockstabil. Nichts bringt meine Fasson aus der Fassung. Das Glanzgewand ist aus atmungsaktivem Gewebe, wasserabweisend und feuerfest, ein Schutzanzug für meinen Schützling. Ein retrospektiver Raumanzug aus Romanauszügen und Kinderbuchpapier, der alte Kindheitserinnerungen wachruft. Text ist Textil, Textil ist Text. Ich bin gewappnet mit einer Mutterrüstung aus schillerndem Blech, einer rustikalen Robe, stahlhart und sattelfest, die den Titanensohn protegiert. Die ultimative Uniform besitzt prächtige Schulterpolster zum Anlehnen. Im Herzbereich sind hunderte Entschuldigungen appliziert, eine für jede Sekunde, in der ich nicht bei dir sein kann. Abzeichen und Anstecker haften an meiner Brust, für jede Genesung ein ordentlicher Orden. Eine Plakette für den leidigen Pseudokrupp, eine Brosche für Borreliose, Medaillen für Scharlach, Angina und Knochenbrüche. Eine Kokarde für Ringelröteln und alle gelungenen Faschingsmaskeraden. In der Muttermontur sind Welten verborgen. Wenn sich deine Haut auf meine legt: Blattgold auf Blätterteig. Sie ist ein Antiquariat für Antikörper. Darunter ein bunter Pillen-Polster und ein Apothekerschrank mit allerhand Arznei. Kortison in allen Taschen und kleine rosa Tabletten namens Betnesol. Pinzetten, Pflaster und Paracetamol. Pechschwarze Zugsalbe und Penaten-Creme. Windbeutel und Blutkonserven. Ichtholan, Betaisodona und Bechertelefon. Verborgene Schlüssel, verlorene Mützen und alte

Münzen. Ein Patronengürtel mit Eiszapfen und Fieberzäpfchen. Überall riecht es nach Kartoffelschalen. Vier Kammern mit Jahreszeiten, mindestens eine davon gekühlt. Paradiesgärten, Urwälder und Gladiolenfelder. Krokuswiesen und Lilienduft. Hochmoore und Heiden. Savannen, Steppen und Sumpflandschaft. Gebirge, Gletscher und Inselketten. Dazwischen Kanäle und Korallenriffe. Küstenlandschaften und Hafenstädte. Patagonien und Polynesien. Auen, Algenwälder. Büffelherden und Kuscheltierkarawanen. In einer versteckten Niemandslandbucht ein Kinderparadies mit Kettenkarussell und kilometerlangen Wasserrutschen, Regenbögen und Eselsbrücken. Ein gelbes Riesenrad, darüber der türkise Himmel voller Zeppeline aus Zuckermelonen und Zitronenfalter. Dazwischen bunte Heißluftballons, Pfauenaugen und Papierflieger. Zirkuszelte und Wolkenbrüche. Flugdrachen und Wind. Huflattich-Blätterhüte, Hagelkörner und Eichelregen. Vogelhäuser und Kuckucksuhren an allen Bäumen. Schutzmantelmadonnen, Uhrenkästen und andere Verstecke. Barocke Kanzeln, Lesepult und Flügelaltäre. Dachstubenkammern, Elfenbeintürme und verborgene Bibliotheken mit Balustraden und Wendeltreppen. Lesenischen mit Glasfronten, Sitzfenster mit Panoramablick. Schriftrollen, Papyrus und verschollene Gemälde. Arkadengänge, Innenhöfe, Wasserbecken und Palmen. Bücherwälder und Nachttischlampen. Kristallluster und Dichterbüsten. Schachbretter und Spielfiguren. Alte Landkarten und

Schaukästen mit bunten Käfern. Dinosaurierknochen und Edelsteinsammlungen. Wandreliefs und Stoßzähne. Aquarellfarben und Papierblockhütten. Tiere und Naturschutzgebiete, eine unentdeckte Flora, eine vollständige Fauna, die sich ständig weiterentwickelt. Kein Mensch, außer dir und mir. Farnfelder, Fasanenfedern und Gummistiefel. Warte! Watte. Jede Menge Watte. Und Wattwürmer vom Wattenmeer. Röhrenaale und Regenwürmer. Schlauchboote und Regenpfützen. Seepferdchen in Swimmingpools. Taucherbrillen und Tretboote. Ganze Steinbrüche aus Cashewkernen. Wachteleier, Windeln und Wechselgewand. Wein und Wettex. Wamse, mit Wuchteln gefüllt. Straßenkreiden und Fingerfarben. Fernrohr, Feldhasen und Fossilien. Trilobiten und Kellerasseln. Mikroskop und Teleskop. Naturkundemuseum, Gelsenstecker und Geigerzähler. Lupe und Laminiergerät. Hirschkäfer, Kunstharz und Kirschkernkissen. Wunderkerzen und Wespennester. Hampelmänner und Hornissengräber. Straußenfedern und blaue Vogeleier. Hundehütten und Schneckenhäuser. Ammoniten und Dolomiten aus Sand. Meeresbrisen und Murmelbahnen in Marmorbecken. Wasserfälle, Hängebrücken und eine schluchzende Schlucht. In den Lüften ständiges Vogelgezwitscher und der Geschmack von Zirbenlikör. Murmeltierpfeifen und der Geruch von Latschenkiefer. Kuhglockenläuten und Almbachrauschen. Fichtenwind und Luftgitarre. Drei Haselnüsse. Kiefernzapfen und Zipfelmützen. In den Hosentaschen Schweizer Taschenmesser, Schnitzfiguren und Schwedenbitter. Parmesan, Pampelmuse und Piratenschatz. Himbeerkracherl und Hagebuttenmarmelade. Kaskaden von Kinderkaffee und Käsevariationen. Faschingskrapfen und Folienballons. Schokolade und Muttermilch. Segelboote in Badewannen unter Schaumbädern und Seifenblasen. Schlittschuhe und vereiste Weiher. Taschenwärmer, Tannenzapfen und Trillerpfeifen. Schaumrollen und Schneelabyrinthe. Luftschlösser und Sandburgen. Hula-Hoop, Hüpfburgen und Hollersaft. Handke und Heiserkeit. Sonnencreme, Kokosöl und schwere Wasserbomben. Krabben in Keschern und Muscheln in Molen. Turmschnecken, Taubennester und Teddybären. Glühwürmchen, Girlanden und Geysire. Lagerfeuer unter Nordlichtern. Lametta, Lampions und Lavalampen. Bällebäder und überlaufende Popcornmaschinen. Der Duft von Karamell und das Gefühl von glatten Kastanien. Zuckerl und Zuckerwatte. Klatschmohnfelder. Verandas mit Volieren, in denen prächtige Vögel völlern. Luftschlangen, Laternen und Libellen. Schaukelstühle und Holzknarren. Fensterbänke und Büchertürme. Holzschaukeln und Hängematten. Sofalandschaften mit Höhlen, Weiden voller Sonnenschirme und Eisschirmchen im Haar. Marienstatuen, Mai-Andachten und Meteoritenschauer. Gummibären und Gewächshäuser voller Schmetterlinge. Ewig drehende Holzkreisel und Blechtrommeln. Schneekugeln, Spieluhren und Schatzkisten. Matroschkas und Strickliesel. Ein Pavillon mit Planetarium. Pompons und Piñata. Windlichter und

Wärmflaschen. Alte Kaminöfen und laute Klimpermühlen. Nussknacker und Nebelmaschinen. Gummibälle, Knicklichter und Kaugummis. Kaiserschmarrn und Königskronen. Konfetti und Konfekt. Leuchtraketen und Sommernächte. Grillenzirpen und Glitzerpalmen. Seilspringschnüre, Zündhölzer und Sternschnuppen. Ritterburgen, Fackelzüge und küssende Ferkelzungen.

Ich habe mir also ein Mutterkostüm übergezogen und auferlegt, das zwickt an allen möglichen Stellen. Es ist zu eng, ich komm nicht mehr heil heraus, ich komme nicht wieder aus der Sacksackgasse, ohne es zu zerschneiden, ohne es zu zerstören. Also trage ich es, bis ich gestorben bin und noch danach, damit du mich erkennen kannst. Es schmerzt manchmal, denn irgendwo hat sich die Schwermut angehaftet, weil ich dich nie wieder hergeben will. Das Material, es ist zerflossen, zerschossen, zermürbt. Die Raben picken die Fäden aus der Vogelscheuche, die ich bin. Es ist schwer geworden mit der Zeit und wiegt immer schwerer. Solange das Kind lebt, lässt es sich nicht ausmustern. Abgewetzt und durchnässt, aufgeraut und zerschlissen, manchmal wird es zum Kummerkostüm. Und jede Naht ist eine Annäherung an die Wahrheit, an den Mantelkern, das Eingemachte. Jede Naht droht irgendwann zu platzen. Absteppen ist Abnabelung. An alle leeren Wüsten der Welt: Absteppen meint abnabeln. Denn auf sicherem Boden gehen die Kinder hinaus, wagen Abstecher ins mutterlose All und suchen

Schwerelosigkeit. Es riecht schon nach Schießpulver und Wunderkerzen, nach ihren abgefeuerten Pistolen. Wie viel Zeit bleibt mir noch?

19

Engelssturz

Wir sitzen am Frühstückstisch, und das ist schon fast der Rand unserer Welt. Du sagst, du hast schlechte Tagträume, du siehst feuerspeiende Drachen und, dass dein Vater in den Fluss fällt und wie es ihn hinwegspült. Ich schau dich an und schneide mir mit dem Messer in den Finger. Ein archaisches Gefühl, sich ins eigene Fleisch zu schneiden und dem eigenen Blut beim Tropfen zuzuschauen. Habe ich mir mit dir ins eigene Fleisch geschnitten, weil du eine blühende Fantasie hast, die meine welkende ist? Weil's mir vergeht, wenn ich daran denke, dass alles vergeht? Ich verspreche dir, dass es deinem Vater gut geht, rufe ihn an, erreiche ihn nicht, rufe alle Götter an, um ihnen das Versprechen abzuringen, dass mein Kind nicht in meine Fußstapfen tritt, in die dunklen, tiefen Trittspuren eines Urzeittiers, die sich schnell mit Morast füllen, wenn ich melancholisch werde, und mit Geröll, wenn ich grolle. Dieses Tosen und Schnauben, nach dem auch dein Atmen klingt. Doch ich habe keinen

Draht zu den Göttern, auch nicht zu dem einen, den ich immer dann anflehe, wenn es brenzlig wird, den ich anbrülle, wenn es zu spät ist. Ich verspreche dir, dass es keine Drachen gibt, außer mir, dem Hausdrachen, der vor dir steht und Tabasco spuckt. Dann umarme ich dich mit meinen Schlingen und umschlinge dich mit meinen Armen. Du sagst, dass du jetzt keine Angst mehr hast vor Spinnen, so wie früher, als du befürchtetest, sie könnten ihre Netze in deinem Haar auswerfen wie die Fischer ihre Netze. Du greifst nach meinem Muttermal auf dem linken Wangenknochen, der Sammelstelle deiner Seligkeit, als wäre es Stempel und Garantie für meine Existenz. Wie um dich zu vergewissern, streichst du mit deinem Zeigefinger über dieses organische Zertifikat. Seine Erhabenheit ist der Beweis dafür, dass ich lebe, denkst du, denke ich. Mutterformen sind immer konvex. Alles drängt nach außen, ist gewölbt wie der Himmel, raumeinnehmend und besitzergreifend. Wie das Unaussprechliche, das in mir sitzt und wächst und wächst und wächst. Wir atmen tief durch, kurz bevor du einschläfst, und ich bezeuge dir mein tägliches Mantra: dass die Distanz zum Mond lächerlich sei gemessen an meiner Liebe zu dir, dass ich dich liebe bis weit über alle Universen, alle unentdeckten Galaxien hinaus, unendlich und immer eins mehr. Du antwortest: »Alter Hut!«, dass du das doch schon weißt und dass ich gefälligst leise sein soll, weil du gerade von Tigern in der Taiga träumst. Ich träume, dass deine Atemwege erst frei sein werden, wenn du über die Gräber deiner Familie steigst, wenn du dich von den Ängsten der Engsten befreist. Ich kann nicht mit Sicherheit sagen, dass ich wach bin, vielleicht habe ich nur wieder vom Totsein geträumt. Es ist dunkel in meinem Schlafgemach, und der Nachtmahr, der mich in den Nächten immer ins Verderben reitet, sitzt mir im Nacken und hat mich fest im Griff. Ich habe mich verlegt und finde mich nicht mehr. Wo ich auch suche, da ist nirgends ein Ich. Bin ich Mutter oder Kind? Darf ich mich anlehnen, muss ich mich kümmern? Es sind die ersten Sekunden nach dem Aufwachen, ein Moment der Stille und Umnachtung, des Schmerzes, und es braucht immer mehr Zeit. Meine Umgebung ist nebulos, Neuland. Jeden Morgen erwache ich wie aus Meerestiefen, mit dem Gewicht eines Weltmeeres auf mir. Irgendwann werden wir endlich körperlos sein. Gehirne im Glas.

Ich greife ein Bein, das ich nicht spüre, eines, das kleiner ist als meines. Draußen wächst eine Stille heran, wie ich sie nur von Wintermondlandschaften im Gebirge kenne. Ein lang ersehntes Vakuum, das sich anfühlt wie das Fallen von Schneekristallen auf Kinderhaut. Du schläfst noch, und ich streiche über deinen Kindskopf. Nur in den Morgensekunden weiß ich nicht, wer ich bin, dann überfällt mich die Angst, dass ich einmal vergessen haben werde, wer du bist. Jede Sekunde, in der ich weiß, wer ich bin, setze ich mich neben dich, bin ich bei dir und um dich herum.

In aller Herrgottsfrüh hirschen wir in die Au, um

uns mit Frischluft zuzudröhnen und unsere Seelen mit Salbei zu säubern, denn morgen stehen deine Mandeln am Speiseplan des Spitals. Dem Wild am Waldrand dämmert es schon, als wir mucksmäuschenstill wie Jagdhunde ihre Fährte aufnehmen. Sie recken ihre Hälse ins Morgenrot und schrecken mit eleganten Strecksprüngen direkt ins Dickicht, wo ihre blickdichten Strumpfhosen mit dem Gebüsch camouflieren. Herzflimmern und Muffensausen hie und da, da und dort. Am Himmel zieht sich langsam die Nacht zurück, eine junge Sonne drosselt die Singstimmen der Nachtvögel. Jetzt wird aufgeamselt und eingeatmet. Wir holen Luft und horten sie in unseren Lungen. Dann salutieren wir vor den Baumstämmen und treten ab ins betonierte Stadtspital.

Manege frei für die Waldbewohner und Hinterwäldler! Dort, wo wir nicht wohnen, verkleinern wir uns zu Hasen und räumen unser Feld. Nur zu Hause lassen wir die Sau raus, doch hier ziehen wir den Schwanz ein, der eine weiße Blume ist, ein Prunkpuschel, der unseren Arsch dekoriert und so tut, als wären wir harmlos. Wir schreiben uns unsere Blutgruppe hinter die Löffel, damit uns keine Immunreaktion überrascht, denn was der Bauer nicht kennt, deklariert er als dekadent und sabotiert er aus Furcht. Check in, Jacky Kennedy! »Ich kenne Sie nicht«, spricht mich die Dame am Schalter von *Ärzte mit EU-Außengrenzen* an und fordert unsere Namen auf Papier, die dort aussehen wie überflüssige Floskeln. Und schon werden uns die Pässe für diesen HNO-Schengenraum ausgestellt, wir bekommen auf dem halsbrecherischen Binnenflug Economy-Plätze zugewiesen, denn wir sind nichts Besonderes, also Mehrbettzimmer mit Untermietern und Blockabfertigung. Der Schweiß steigt mir schädelaufwärts, weil mir schon jetzt graut vor dem chirurgischen Eingriff am nächsten Morgen, dem eisernen Lebenseinschnitt. Die Todesangst um dein Leben lähmt mich, nur die Gedanken bewegen sich noch im luftleeren Gehirnhohlraum, da taucht die schneidige Chirurgin auf und bekräftigt, bei solchen Monstern werde nicht lang gefackelt, höchstens abgefackelt, bei ihren Kindern sei es das Gleiche gewesen, lieber kurzer Prozess als Eiterabszess, und wer so steril dreinschaut wie sie und einen so festen Blick hat, der dem meinen standhalten kann, der muss es wissen, der muss wissen, wie der Hase läuft. Bugs Bunny knabbert an seiner Karotte, ich schalte die Kiste ab und putze dir die Zähne.

Es ist noch nicht hell, da schlürfst du deinen Beruhigungssaft. Sie kommen dich holen, ehe der Hahn kräht, wie ein geräuschloses Tonsillen-Tötungskommando, in dessen Hände ich dich übergebe, und ich übergebe mich ihnen in die Nierentasse, den Rest schlucke ich hinunter. Wir werden in einem Krankenbett mit Gitterknast über den Ganges in die Liftkabine geschoben und in den Keller gerollt, und als ich noch überlege, wohin ich mit dir flüchte, fluche ich über deine monströsen Mandeln, den beißenden Maulmuff, diese fleischigen Hodensäcke im Mund, durchsetzt von eitergefüllten Katakomben, dieser infektiöse Faulgeruch aus dem Rachen, der nach der Rache unseres verderblichen Fleisches stinkt, ein olfaktorischer Memento Moder, der wie ein präpotenter Gruß aus der eigenen Hölle um die Nüstern quellt. Am meisten aber fluche ich über mich, mich und Mendel, diesen Erbsenzähler, und die von mir vererbten deformierten lymphatischen Organe, diese verluderten Tonsillen, diese aufgeblasenen, roten Erbsen, die allein auf meine Rechnung gehen und aussehen wie die in meinem eigenen Hals vor über dreißig Jahren, als der Hausarzt mit seiner Hausapotheke und seinem Latein am Ende war und seinen Turnusreigen einberief, um ihm ein waschechtes Lebendexemplar zu präsentieren und ein Exitusexempel mit derart zerklüfteten Schleimhautwulsten zu statuieren, das die Welt noch nicht gesehen hat. Wie ein mittelalterliches Fabeltier im Bestiarium verewigte er mich mit einem Beweisfoto in seinem Pathologiebuch, nein, nicht mich, den Mandelfuß im Ganzen, sondern lediglich die rosa Innerhöcker des kranken Kamels, das bakterielle Zwillingsbiotop, wie er es nannte. Ich möchte dir all die Schmach und Schmerzen ersparen, das Schnarchen und die Schaulust der anderen, die ständige Atemnot und diese elendige Erstickungsfurcht. Das Leid, das Penicillin und die Heilige Hildegard, diese Heilhure, den gekochten Rotwein mit hildigem Heidegard oder heiligem Andornkraut, jedenfalls reichlich Butter, den mir die Mutter zusammenbraute und der einem beim Gurgeln an die Gurgel sprang, der so schal und bitter schmeckte, dass sich einem der Magen runzelte, während die Mandeln neue Klüfte warfen, als hätte man sie bloß damit gefüttert.

Wir fallen vom Aufzug direkt in die Hölle des Hospitals, der finstere Talschluss lacht: Endstation Mutter. Das Martyrium nimmt seinen Lauf, dabei hat das Gesöff noch keine Wirkung getan. Also umklammerst du mit beiden Armbeugen meinen Hals, ein Pfleger brüllt: »Du erwürgst deine Mutter, lass sie los!«, du blökst, und ich lass dich nicht von mir schaben, denn der Apfel fällt nicht weit vom Stamm, und zwar erst, wenn ich es sage, wenn er faulig wird, vielleicht, aber nicht bevor er reif ist, sie kapieren nicht, dass deine Umklammerung kein Würgen ist, sondern natürliche Symbiose zwischen Pilz und Baum. Sie scharen sich in ihren unbefleckten Malerkitteln um uns und versuchen, uns zu trennen, um nach mehreren gescheiterten Versuchen dem Mutter-Sohn-Gewächs Einlass ins verbotene Vorzimmer zu gewähren, wo sie dich auf einer metallischen Tafel auftischen. Du schlägst noch immer deine Wurzeln um mich, und ich umschlinge dich mit meinem Hyphen, wir sind bis ins Mark miteinander verflochten, unterirdisch und innerirdisch, jedenfalls zwischenmenschlich, und das sieht niemand mit freiem Auge, aber jeder mit bloßem, davor haben sie Angst und davon keine Ahnung, und deshalb existiert in dieser keimfreien Unterwelt kein fruchtbarer Boden, man hat ihn uns unter den Füßen weggerissen. Unsere Wurzeln schlagen langsam ins Leere, ich versuche noch, dich mit all meiner Kraft anzureichern, dir all meine Nährstoffe in die Backentaschen einzuflößen, den Phosphor für deine wachsenden Knochen, damit du für diese bodenlose Reise ins Totholz gut gerüstet bist. Ich presse meine Wange an deine, meine Lippen an deine Schläfen und spreche ein Wald- und Wiesengebet zu deiner Beruhigung, flüstere dir Muttertöne ins Ohr, Hauptsache, du reitest auf meinen Schallwellen. Da spritzen sie dich nieder, deine Augen fallen zu, und ich falle um, ich falle und falle, ob das nicht eine Falle ist, die jetzt zuschnappt? Du schluchzt, dass mein Blut stockt, da schläfst du schon, und deine Gliedmaßen geben nach, deine Arme sinken nach unten, und du lässt mich los. Man rempelt mich Richtung Exit, erzwingt meinen Exodus, und als die Tür in Schloss fällt, höre ich, wie du neuerlich zu kreischen beginnst, und da packt mich der Rappel, und ich remple gegen die scheußliche Himmelspforte, eine Unbefugte, die auf ihr Betretungsverbot pfeift, um dich unter meine Obhut zu bringen, bis du tatsächlich eingeschlafen bist. Du hast dich in Richtung deines Stammbaums aufgebäumt, da trägt dich eine Horde in den OP, und der andere Trupp türmt sich vor mir zu einer menschlichen Barrikade auf, man drängt mich zurück, weist mich in weiße Schranken. Tür zu. Schotten dicht. Licht aus. Film ab. Mund auf. Schlauch rein. Atem aus. Tubus an. Puls runter. Messer ran.

Tuba los. Eine Löwin schlägt ihre Pranken gegen die Pforte. Sie brüllt, sie poltert und schreit, zeigt ihre Zähne und spitzt die Ohren. Ein animalischer Krawall dröhnt wie eine Druckwelle, zieht sich wie ein Gebäuderiss durch den Betonbunker, um ihn zu zerbröseln. Doch das Kummerkonstrukt hält stand. Da hilft kein Pusten und Schlagen, kein Wüten und Schreien: Die kleinen Schweinchen sitzen in ihrem Haus und haben meinen Ferkelwolf entführt. Ein nachwuchsloser Mutterpilz platziert sich auf die kalten Stufen des Treppenhauses vor die gläserne Schiebetür, und ich tue etwas, was ich seit Kindertagen nicht mehr getan habe: Ich falte die Hände, ich bete. Ich flehe und kreische und bitte. Mein Hirn löscht sich aus. Mein Ich löst sich auf. Ich sterbe. Ich rede mit dem Vater, mit der Mutter, klage sie an, mich gezeugt und geboren und in diese Situation gebracht zu haben. Ich drohe damit, ins Gras zu beißen, falls meinem Kind etwas geschieht. Gern geschehen. Wem drohe ich? Den Eltern der Mutter des Kindes, vor allem mir. Ich motte mich ein, mein Wille geschehe! Ich bedenke den schnellsten und sichersten Suizid: vierter Stock, Anlauf, Augen zu und Asphalt. Einmal Aufschlag. Kein Herzschlag. Vielleicht werde ich meine Knochen brechen hören, vielleicht riecht mein Freitod nach freiem Fall und mein letzter Atemzug nach den Zigarettenstummeln im Rinnstein. Sie werden meine Überreste aufklauben, und was von mir übrigbleibt, wird nicht viel mehr sein als der Inhalt eines Marmeladeglases. Vielleicht wird das Kellerschachtgitter zu meinem Nudelsieb. Man wird mich wie einen lästigen Pferdeapfel umgehend in einen Abortkübel kehren, mich vor den neugierigen Gesichtern der Kranken und Genesenden an den Fenstern verbergen, um Nachahmungstöter zu verhindern. *Kurz und scherzlos* steht dann in der Todesanzeige, ansonsten wird kein Zeitungshahn nach mir krähen.

Ich stürme aus der sterilen Sterbegruft und trete nach draußen, trete einen Schritt zurück und schlage mich allein durch den Boden unter meinen Füßen, das bisschen Grün unter mir reicht aus, um mich im Diesseits zu erden. Die Engel, ich höre sie praktizieren. Geht mein Kind, so geh ich mit, dann geh ich unter und ihr mit uns. Die Sonne schreit und schwitzt, der Himmel schimmelt. Ich verteile mich jetzt in der Luft und am Boden, ich spure meine Sporen um das Gehäuse und überwuchere den Betonbunker, denn was unter meinen Hyphen liegt, das kann nicht sterben, das habe ich in der Hand. Eure Lamellen hinter den Fenstern werden jetzt zu meinen, ich bin ein Lamellenpilz. Wenn meinem Sohn etwas zustößt, dann schließe ich sie, dann schnüre ich euch die Luft ab, dann lass ich Totentrompeten blühen und blasen, dann wird mein Lied zu eurem Leid, mein Leid zu eurem letzten Geleit. Ich werde eure Leichen nicht zersetzen, viel besser: Ich rühr sie nicht an, sodass ihr für immer isoliert bleibt, jeder für sich in diesem Siech-, Seich- und Sonderversicherungssarkophag aus Zement, in dieser muffigen Urinurne, diesem blutigen Harnbeutelharnisch, diesem anorganischen Adlerlass- und Ausscheideanwesen, in dem Sakrament und Exkrement ineinander übergehen, dieser Vanitasverwahr mit seinen dauerrotierenden Uhren, den suizid-stimulierenden Gängen mit ihren kargen Trauerwänden in der Orkusonkologie, die das Ableben beschleunigen und bescheinigen. Ich verbitte mir euren Jammerton, euer Prostatütata, gebe keinen Pfifferling auf euer Betteln und Flehen, ich dichte euch und eure Blutkonservenbude ab und halte euch unter Darmverschluss in diesem selbstgezimmerten Windel-Windsor. Ich rede mich so in Rage, dass das gesamte Treppenhaus hallt. Da kommt eine Medizinerin in Weiß und eskortiert mich in den Aufwachraum, in dem mein Sprössling keimt und sabbert. Wer speichelt, der lebt! Ich nehme meine Handrücken vors Gesicht, um mein Schminkaquarell unter den Augen zu retuschieren und die Verlotterung meiner Muttermontur zu vertuschen. Der Setzling keimt auf, erzählt von sich und seiner Bebrüterin, die er nun in einem anderen Licht sieht, weil er jetzt weiß, dass sie nicht allmächtig ist, und weil er ahnt, dass sein Faradayscher Käfig ein Vogel ist. Jemand hat die stinkenden Buchteln aus ihrer Mandelbucht geholt, jetzt geht es mit vollen Lungen und hoher Blutsättigung bergauf. Später lese ich in den Kriegsprotokollen: *Ein äußerst wehrhaftes Kind mit starker Mutter-Bindung. Es bedurfte einiger psychologischer Tricks, um das Kind in den OP zu bekommen.* Physische Gewalt wird als psychologische Raffinesse kaschiert, doch ich bin stolz auf meinen Sohn mit seinen lauten Sohlen und lasse Gnade walten in diesem Gnadenhof.

20

Ein Kanarienvogel unter Karnivoren

Ich zog in einen frischen Krieg. In meiner Gegenwart herrschte Lebensgefahr, und es roch silvestrig. Miserere tönte es aus meinem Radio tagein tagaus. Erinnerung und Gegenwart kamen mir durcheinander, die Realität abhanden, ich wurde steinern und stumm. Ich war leichte Beute, aber schwere Kost. Man wechselte die Straßenseite und die Gesichtsfarbe, wenn ich dorthin zurückkehrte, wo ich aufgewachsen war. Kleine Kinder wurden vor mir gewarnt, man trichterte ihnen ein, mein Maul sei größer als das vom bösen Wolf. Man fürchtete sich vor mir, man fürchtete vor allem um das eigene Ansehen und barg sein Gesicht, senkte den Blick, wenn ich ihn suchte, aus Angst, ich könnte ein Geheimnis aufspüren. Ich war die prekäre Prominenz unserer Provinzpromenade geworden, die, die über den Straßenstrich schrieb, von dem sie abstammte, Prostituierte und Zuhälterin ihrer selbst. Man unterstellte mir, ich würde Rachefeldzüge unternehmen und eine Schneise der Verwüstung hinterlassen.

Das Ros, dem ich entsprungen, war kein hohes Ross, aber ein bockender Gaul, eine schmutzige Schindmähre mit Schandmaul. Für sie war ich eine aufgedonnerte Möchtegernmadonna, eine Kehrseitige. Sie beschimpften mich als Dreckaufwühlerin, als Maulwurf und Maulauswurf. Als eine, die nicht zwischen Himmel und Hölle, zwischen Kothgumprechting und Schöngumprechting zu unterscheiden weiß. Wankham, Kraiham, Kriechham: Ortschaften, nach dem gebückten Primatengang ihrer Spiegelsäufer benannt: Ich wanke heim, ich kräue heim, ich krieche heim.

Das Zweitschlimmste: Sie hatten mein gelobtes Heimatland zu einer Edelweißenklave verschandelt. Das Schlimmste: Ich wollte unter allen Umständen wieder zurück. Doch wohin heimkehren, wenn vor der eigenen Stalltür noch nicht gekehrt wurde? Ich dachte, niemand kann sich vor der Wahrheit fürchten, der nichts verbrochen hat. Wer will schon mit Dreck am Stecken sterben? Aber nichts half, ich konnte schreien, wie ich wollte, in ihren Augen blieb ich eine Ramponiersau, die auf dem Misthaufen eine Meuterei anzettelte. Nur Vater und Mutter hielten mir noch die Brechstange, mit der ich versuchte, die morschen Türen zu den Kellern aufzubrechen, in denen die Leichen der anderen lagerten. »Keine alten Geschichten«, beschworen sie mich, »nur Gulasch schmeckt aufgewärmt!« Auch das schwarze Schaf ist ein Lamm Gottes, dachte ich, und vielleicht nähme ich hinweg die Sünde der Welt. »Reiß keine alten Wunden auf!«, rügte die Mutter und vergaß dabei meine eigenen Schrunden, offen, klaffend und eiternd. Aus einer Not heraus versuchte ich, Verborgenes auszuleuchten, eine spärliche Hoffnung auf Heilung, ein Streben nach Antwort, vor allem für mein Kind. Frakturen hatten mich geformt und ließen mich bucklig werden, Risse marmorierten meine Knochen, und als ich durchlässig wurde, schien ein Licht aus meinem Inneren. Es leuchtete aus einem mickrigen Schlupfloch zwischen meinen Rippen hindurch und lockte die Endmouräne an wie ein blutrünstiges Tier, das sich lustvoll durch den Zwiespalt meiner Brust pferchte, um sich in mir breitzumachen. Mein Herz wurde träge, mein Leib leblos und mein Inneres zur Projektionsfläche eines finalen Freskos, eines Höllenpanoramas. Die Gebeutelte, die Hirnrissige, ich, bot der Endmouräne, diesem elenden Hybrid, eine Behausung, ein ganzes Tunnelsystem als Unterschlupf, mit versteckten Nischen und geheimen Winkeln, ein Labyrinth aus Bindegewebe. Ich erkannte sie an ihren vier Nasenlöchern, schon am Morgen hatte sie jedes Seelenheil weggeschnupft. Sie roch sich durch meinen Leib, der Knochenfisch knackste und verknorpelte meine Wirbelsäule, sie rankte sich darum herum und durchlöcherte mein Rückgrat mit ihren winzigen Widerhaken. Noch bevor ich in der Früh ein Bein vor das andere setzen konnte, war bereits alles abgeäst. Die Endmouräne war längst in mich eingewachsen, sie machte mich trübsinnig, matt und widerstandslos. Mein Spielraum war zu einer

Zündholzschachtel geschrumpft, ich war zu einer Gallionsfigur ihrer schwarzen Galle geworden.

Mag sein, dass der Besuch im Haus von Alfred Kubin das Sterbevieh in mir nährte, denn ich streckte mich dort nach seinen dunklen Geheimnissen aus, nach seiner anderen Seite, die meiner eigenen so nahe war. Ich dachte, ich fühle, wie er gefühlt hat. Als ich durch die Eingangstür trat, stieg ich in meine eigene Kindheit hinein, die nun möbliert und angreifbar schien. Die Stube ein finsteres Loch, holzvertäfelt bis in den Herrgottswinkel, der Bauerntisch voller Wurmschäden, die man den ahnungslosen Gästen schlicht als Maserung verkaufte, und darunter ein Vergeltsgott für die sündigen Paarhufer mit den zu kurzen Beinen. Der Urgroßvater und die Urgroßmutter knieten dort, um zu beten, ihre Köpfe tief gebeugt, das Kinn in die Drosselgrube gestemmt, vor ihnen ein Schrein mit Kerzen, Rosenkranz und der Schwarzweißfotografie eines toten jungen Mannes in Soldatenuniform am Straßenrand, der Schnee rund um ihn vom Blut verdunkelt wie sein Gesicht. Das Verbrechen hatte sich in unsere Gene gefräst wie das Wurmloch ins Holz. Die Ältesten flehten um Vergebung für den Täter, den ewigen Sünder, der ihr eigener Schwiegersohn und mein Großvater war, jetzt und in der Stunde seines Todes.

Ein Mann, der die Führung durch das Haus leitete, dirigierte uns die Treppe hinauf, über die man in ein helles Vorhaus gelangte, die Türen der Zimmer sperrangelweit geöffnet, alles zur Schau gestellt. Im Schlafzimmer steckte noch der tragische Charme einer Symbiose zwischen alten Eheleuten, ein maroder Tapetenzauber von existenzieller Ärmlichkeit. Altrosa, beige und braun. Eine grünbestickte Leinentischdecke beschwerte den Tisch. Überall Teppiche, am Boden, an den Mauern, über die Kanapees geworfen, als hätte man damit all die Gruftgeheimnisse vergangener Friedhofsnächte verhangen. Die Innenwände im Wohnzimmer bis obenhin verstärkt mit einem Schutzwall aus Papier und Druckerschwärze, üppige Bücherregale, so schwer und dick, dass sich die weißen Bretter unter den Lebenswerken bogen, die mir alle den Rücken kehrten. Ein einziges Fenster sorgte für das ewige Licht, das ihnen leuchtete, das andere war zugestellt. Durch eine weiße Flügeltür gelangte man in die Malerstube des Hausherrn, ein Nest unentrinnbarer Phantasmen und verschlingender Visionen, die darin fortleben und sich in die Köpfe der Besucher hineinträumen. Die Zeichnungen an den Wänden tropften, waren durchtränkt von stummen Schreien, spiegelten meine Aversion gegen die eigene Kehrseite. Die Untiere in mir scharrten nervös und gierten nach mehr. Die Spiegel in diesem Haus dagegen zeigten eine alte Frau, meinen Verfall. Astronauten, so sagt man, altern schneller, wenn sie wieder auf die Erde zurückkehren. Wohin war ich zurückgekehrt? Als Kind fühlte ich mich als Kanarienvogel unter Karnivoren. Doch lieber im Magen der Mördergrube als mutterseelenallein. Ich berührte die kalten Wände und verdunkelte mich. Ich wusste, nichts konnte erweckt werden, was nicht schon in einem schlummerte. Wer die Endmouräne nicht in sich trägt, der erkennt sie auch nicht im Gegenüber, der schaufelt sich sein eigenes Grab mit leeren Händen.

Das Muttertier verkümmerte zum Mammut. Ich fühlte mich archäologisch, sah aus wie eine Ausgrabung. Meine Falten wurden furchig, ich litt unter Hautausschlägen und Haarausfall. In meinem Kopf saß eine Giftnatter, die alles anspie, was ihr zu nahekam. Ich harzte, weil es immer ans Eingemachte ging. Ich verließ das Haus kaum noch, fühlte mich verfolgt, dabei hauste der Erzfeind in mir.

Der Himmel drückte, und es drückte mich der Schuh, der noch immer der ausgelatschte Stallstiefel war, in dem sich die Landkeime vermehrten, seit je zu klein, damit der Bauer immer etwas zu jammern hat. Die Zeit schlug um. Die Zeit schlug zu. Dem Himmel sei Dank erinnerte ich mich täglich an meinen Sohn. Ich schwitzte an seiner Seite. Die Stabheuschrecken saßen wie eine Heilsarmee am Bettende auf seiner Tuchent. Ich bewachte ihn und stand unter ihrer Beobachtung. Der Dechant kam mehrmals vorbei, weil sein Zustand kritisch war. Mir wurde bewusst, dass unser Zustand immer kritisch sein würde, also wurde ich selbst krank, nachdem er genesen war. Mein Gehirn verfaulte im Zeitraffer, während sich außerhalb Meinerseel alles so langsam bewegte, dass es den Anschein hatte, Blätter brauchten vier Jahreszeiten, um zu fallen. Die Blätter fielen, kamen aber nicht mehr am Boden an, berührten ihn nicht, berührten mich nicht, nichts berührte mich noch. Und wenn, dann mit einem Aufprall wie von Meteoriten. »Kommet, Kometen!«, hallte ein Kinderchor durch die Novemberluft, und ich sah ganze Felsbrocken in die Felder einschlagen. Im Traum erschien mir die Mutter, die mit weit aufgerissenen Augen den Stabheuschrecken die Beine ausriss, um sie als Zahnstocher zu verwenden, und der Vater, der mit bloßen Händen Hochspannungsleitungen kappte, um sie mir als Seilspringschnur zu überreichen. Geisteskrankheiten hegt man bei uns am Land wie Kleintiere in Streichelzoos, sie verbreiten sich mit einem Schleudermechanismus bei Augenkontakt. Kein Kind entgeht dem Erbe der Eltern und bleibt verschont. Eines Morgens erwachte ich und wusste, dass mir nicht mehr viel Zeit blieb, obwohl alle so taten, als fehlte mir nichts.

Chronische Rhinosinusitis lautete die erste Diagnose, eine reißende Rhinorrhoe, eine eiternde Nebenhöhlenentzündung als Nebenschauplatz eines größeren Trauerspiels. Man schob mich mit anderen Röchlern auf die Wartebank, Lebensmüde, die die Schnauze voll hatten, die kalte Schmiersporen durch die Gänge rotzten, saßen da so eng beieinander, dass sie ihre Rüssel unfreiwillig in fremde Angelegenheiten steckten. Auch wenn sie sich gegenseitig nicht riechen konnten, stanken sie mit ihren Katarrhen drei Meter gegen den Klimaanlagenwind. Kurzerhand schob mich ein Langhans in den Operationssaal. Ich trug nichts weiter als einen Krankenhausfetzen, darunter eine Netzunterhose, ein Fangnetz für mein Geschlecht, als wäre es ein erstickender Fisch. Nun war ich nackt, ein Klumpen Fleisch, der klumpte, mit diesem Gebirge im Gesicht, das knapp unterhalb der Nasenwurzel aussah wie eine Scharte und in der Mitte wie ein steiler Grat. Die Höhlen dieses Höllengebirges waren zu eng, die Löcher mussten aufgestemmt werden, um mein Gehirn wieder zu belüften. Hals- und Siebbeinbruch! Mit Stirnlampen auf ihren erhobenen Häuptern betrachteten die Halsnasenohrenhöhlenforscher, junge, attraktive, frischfleischige Mondmenschen, Computertomografien von Nasenmuscheln wie Rorschachtests. Die Aufnahmen sahen aus wie schwarze Schmetterlinge mit ausgebreiteten Flügeln. Bloß bei den chronischen Kranken war alles milchig, verstopft und angeschwollen, ein Frontalschnitt mit weißem Tigermottenporträt.

Um der Schleimerei Einhalt zu gebieten, führten sie ihre langen Schläuche in meine Nasenlöcher ein, schoben sich vorbei an den winzigen Flimmerhärchen, die aussahen wie Anemonen in einem Meer voll Rotz. »Möchten Sie Kokain in ihren Kakao?«, fragte mich der Anästhesist, und schon mäanderte das Narkosemittel durch meine Venen. Ich spürte eine erdrückende Schwere, einen stumpfen Schmerz, der sich durch meine Arme, dann durch meine Beine schlängelte. Eine markzerfetzende Lähmung breitete sich aus, ehe der Sediersaft endlich im Gehirn anlangte und es ausknipste. Ich träumte von meiner eigenen Operation, der Narkotiseur und ich tranken mit bunten Strohhalmen Gehirnflüssigkeit aus meinem aufgestemmten Schädel und sangen *Gloria in excelsis Deo*. Es brannte wie frischgeriebener Kren. Ich sah, wie sie mit mikroskopischen Stecheisen meine Gesichtslöcher aufbrachen und mein Siebbein zersägten, um seine Einzelteile als hochwertige Bimssteine an Ölscheichs in reichen Golfstaaten zu verschachern, die damit den Diabetikerfüßen ihrer Mütter die tote Haut abrieben, um dieses epidermale Abfallprodukt als Delikatesse an ihre Fische zu verfütterten. Ich belächelte und verhöhnte meinen nackten, willenlosen Leib, der vor mir lag wie ramponiertes Brachland, schlaff und taub und anhänglich wie ein eingeschlafenes Bein. Und doch bei näherer Betrachtung so schrecklich sterbestigmatisiert, die Fühler ausstreckend, die da als lose Arme herunterhingen. Ich fühlte eine frischgeborene Verantwortung für den künstlich am Leben gehaltenen Organismus, eine Schuld, und schämte mich, ihn abgestoßen zu haben. Ich schämte mich so, wie man sich für Familienmitglieder schämt.

Es war nicht mehr viel Leben in meinem Körper, es verlangte mich, ihn zu bergen, würdevoll wie einen Leichnam. Aber etwas brodelte noch in ihm, ein letzter Lebensstrom aus dem Inneren seiner Innereien, Lava über die Lippen. Drei Nierentassen voll Blut plätscherten aus meinem Mund, bis die Kaskade auf das weiße Leintuch überlief. Man versuchte, mit mir zu sprechen, ich wandte mich ab und wand mich erneut in den Schlaf. Eine Wucherung, sagte man, ein Tumor im Thorax. Ein Tumor, der hinterrücks rumorte, an der Wirbelsäule versteckt, dort, wo ich ihn, den Watzelwurm, nicht sehen, nur spüren konnte, eine Verflechtung, die sich dornig um meinen Rosenstab flankte. Er schnürte mein Korsett, bis mein Rumpf eine organische Sanduhr sein würde, lähmte mich, dass ich lahmte, nichts bewegte sich, außer dem Parasiten, der mir auf den Lebensnerv ging und drückte, bis mir dauerhaft schwindlig wurde. Bald würde er sich meines letzten Halts bemächtigen: der Sprache. Er würde mir den Mund verbieten, mir auf die Zunge beißen. Jedes Mal, wenn ich anderen davon zu erzählen versuchte, verschwand ein Stück von mir. Ich befand, meine Überbleibsel wären schnell aufgeteilt. Mein gescheitertes Gebein und windschiefes Skelett zum Scheiterhaufen verurteilt, aufgetürmt und angezündet, mein Armesünderfett zum Seifenspender für die Reinwaschung aller Vergehen und Freveltaten revolutioniert, mein räudiges Fleisch den Salpetersiedern für feurige Raketennächte zugeschanzt, die Totenhände als Talisman den angehenden Dissertanten aufgeschwatzt, meine heimliche Heidenhaut den Gerbereien als Bucheinband fürs Gotteslob angedreht. Ich hinterließ bei allen, denen ich begegnete, ein Schriftstück, ein paar Zeilen, manchmal auch nur ein Wort, um meine Existenz zu beweisen, um mich in ihren Hosentaschen zu verewigen, ich spielte mir selbst das Lied vom Tod.

Eine resignierte Rampensau streift auf Zoloft durch die Straßen der Stadt. Das Mittel sediert mich nur halb, sodass mir meine Schmerzen noch schmerzlicher bewusst werden, und zwar in der anderen Hälfte der halbseitig gelähmten Psyche. Nichts in diesem selbstmörderischen Fahrgestell bewegt sich absichtlich, von einem gelenkten Zentrum aus, kein Bein setzt sich aus freiem Willen in Bewegung, ein Schreitreflex trägt den halbtoten Torso von A nach B. Im Schleppschritt schreitet die Masse voran, wie Hannibals Elefanten überquert sie die täglichen Alpen in ihr und droht dabei ständig abzustürzen.

Auf dem Bauernmarkt riecht es überall nach Seppen, Sippen und Sabotage. Die Bauern der Umgebung stehen in schmutziger Stallkluft hinter den Verkaufsständen und beobachten mich in pseudonobler Robe, und ich warte darauf, dass einer schreit: »Bringt die Insane ins Sanatorium!« Und wirklich, ich sehne mich danach, hinein in den nächsten Kurgarten, wünsche mich augenblicklich dorthin, um meine Krankheiten, den Wahnsinn und Jähzorn zu kurieren. Immerzu träume ich von einer Schar von Chirurgen, Internisten und Anästhesisten, die ein kleines Kammerorchester um mich bilden, das mein Herz auffängt, wenn es im Schlaf stolpert, das mich erdrosselt, sobald mein Geist flimmert.

Das verlorene Schaf chauffiert seinen sinnentleerten Kadaver in das Schloss der stadtbekannten Serotonin-Scheherazade, einer charismatischen Doping-Diva, scharfsinnig, exzentrisch und gnadenlos sarkastisch. Sie imponiert mir und ihrem Umfeld mit einem extravaganten Erscheinungsbild, der schillernde Federschmuck beflügelt, die Asymmetrie der Seidenkleider irritiert, aber auch nur kurz und bloß den neurotischen Anteil in mir, der Zweifel an der eigenen Wahrnehmung wachruft, ansonsten zahnt eine Wahlverwandtschaft mit meiner Wahlärztin in mir. Gleich scheppert es, und schon höre ich das Klirren ihrer Armkettchen, mit denen sie versucht, die Aufmerksamkeit der Weggetretenen wiederzuerlangen. Wenn sich die Niedergeschlagenheit noch stärker niederschlägt, wechseln wir die Medikation und erhöhen die Dosis, denn das Verabreichte reicht nicht aus für ein hiesiges Himmelreich. Augen zu und durch, gleich jetzt, jetzt gleich, arriba, arriba! Auch die Kindergeburtstagsfeier überstehe man nur mit einer Xanor, also: »Geben Sie sich einen Ruck! Rücken Sie näher und schlucken sie runter, Hauruck!« Ich sacke auf den bordeauxroten Diwan. Die finstere Altbauwohnung gähnt in sich hinein, die Stuckdecke wiegt schwer über der Schwermütigen. Der Bretterboden ist schief, der Raum lang, die Decke hoch. Ich bin krumm, mein Körper kurz, der Kopf hängt tief. Zwei Beagles auf Ohrensesseln erden den düsteren Raum und darben wie gebrechliche Monsignori vor sich hin, jeder der beiden einen grimmigen Großvater mit langen Ohren und hängenden Tränensäcken in sich beherbergend, offenbar hat auch die Madame ein Herz für alte Herren. Die Beaglemutter unterbricht unseren Dialog und gibt am Telefon kurze Dosierungsanweisungen. Die Kirchnerbilder an der Wand erhellen meine Höllenpein. »Wussten Sie, dass sich Kirchner umgebracht hat?«, frage ich sie. »Herzschuss. Wann immer ich ein Werk sehe oder in die Hände bekomme, das die Welt überstrahlt, steckt ein schwer geplagtes Geschöpf dahinter, das seine Untiere nicht zu bändigen weiß. Echte Kunst ist existenziell. Und wenn nicht wahr in allen Details, dann immerhin am Leben geschärft. Sie fragen sich, ob ich Angst habe zu sterben? Ich habe Angst zu verschwinden! Wenn ich verkomme, komme ich nirgends mehr vor. Am meisten Angst habe ich davor, den eigenen Sohn zu verlieren. Zu vergessen, dass es ihn gibt. Davor, von ihm getrennt zu sein, und vor meiner Ohnmacht, der Hilflosigkeit, der Unfähigkeit, ihn auf Dauer beschützen zu können. Dem Wahn, der Sippe anheimzufallen, der Durchschlagskraft unserer Gesindelgenetik. Der Unwissenheit und dem Wissen anderer von meiner Debilität. Der Abwesenheit der Liebsten. Und nichts würde mich mehr plagen als die Möglichkeit, übersehen und überhört zu werden. Ob mich der Abgrund in Versuchung führt? Versuchung ja, aber ich halte stand. Ich habe ein Kind! Und doch kann ich mich nicht von den Toten und Halbtoten lösen, die in meinem Schädel rotieren. Also: Erlösen Sie mich von den Toten! Und am besten auch von den leidigen Jahreszeiten, immergleich: Herbstkadaver, Wintertief, Frühlingsloch und Sommerelegie. Wissen Sie, wann ich geboren bin? Im Selbstmördermonat Mai! An einem Montag. Wissen Sie, warum ich die Tabletten nicht mehr nehmen will? Weil das Serotonin die Hölle in mir zudeckt. Doch die Hölle in mir ist die Fundgrube, aus der ich schöpfe. Ich bin nicht lebensmüde, sondern überlebensgierig. Im Übrigen schmeckt ein Leben auf der Nulllinie nach nichts, ein Leben ohne Inferno, ohne Adrenalin. Und tatsächlich schmecke ich wieder nichts, unterscheide bloß salzig und süß und werde jeden Tag dünner, verliere stündlich an Gewicht. Die Nebenwirkungen nagen mich ab, und zwar bis auf die Knochen. So schnell wäre ich also verschwunden. Der Tod halbiert einen noch im Leben. Man stirbt nicht, weil man dünner wird, man wird dünner, weil man stirbt. Meine Großväter: Beide vor dem Tod schon aufgefressen, vom Wind geküsst, windige Knochengerüste mit gespenstischen Augen, dauererschrocken. Ich will mich ins Leben zurückfressen! Die wenigsten sterben fett. Ich werde mich auf meinen einzigen Besitz besinnen: meinen Größenwahn, das abgründige Erbe und die Sprache. Ein Fleck grüner Wiese, der eiserne Schuhlöffel des Urgroßvaters und meine Hände. Meine Ängste gipfeln in Schreibdrohungen gegen mich selbst, in einer Totalvernichtung schlachte ich mich, mein einziges Ausgedinge, selbst aus. Ich, alte Haut, werde mich verwursten! Fette Beute durch Selbstausbeutung! Mein Leben besteht aus nichts weiter als einer Aneinanderreihung verschiedenster Traumata. Das sind keine Erinnerungen, das sind Flashbacks und Bilder einer Verbitterung. Und jetzt leben Sie wohl! Ich habe Pläne. Wenn ich die Tabletten absetze, werde ich wieder zu meiner letzten Instanz. Und sobald mein Sohn groß ist, komme ich wieder zu Ihnen. Aber vielleicht sehen wir uns auch schon im nächsten Mai.«

21

Madonna mit Kind

Der Altweibersommer toupiert die Gräser zu Büscheln auf, der Straßenbelag unter den Autorädern saftelt an diesem späten Augusttag, alles schwitzt, und der Fahrtwind fermentiert zur Finte, nichts als heiße Luft um mich herum, ich führe Zwiegespräch mit mir. Heuer herrscht Fäulnissommer, die Hitze balzt mit der Dürre, beizt sich in die Erde und sprengt Trockenrisse ins Ödland, reißt es auf wie spröde Lippen. Die Musik dröhnt wie ein Trampeltier-Orchester in die nächste Dekade, stampft auf den Beton, sodass das Blech scheppert, die Fenster der Karosserie herunterfahren, der Himmel und meine Stimmung hinauf, das Gemüt hebt an, alle Wege stehen offen, und offen ist auch, was als nächstes geschieht, das Gaspedal zur Gänze durchgetreten, wenn der Gepard in Fahrt kommt, verflüssigen sich die Bremsklötze am Bein, und alle Altweltkamele flüchten in ihre Oasen. Kein Mensch hier weit und breit, nur Kriechgetier. Bevor sie mich reiten und retten, jage ich davon, der Höllenritt eines Höhlenmenschen, der um seine Vergänglichkeit weiß, wird auf einmal zum Höhenflug. Sobald ich davonstaube, staube ich ab, bevor ich staubig werde, mache ich aus mir Staub, sowie ich aus mir Staub mache, mache ich mir nichts mehr aus Staub und schere ich mich einen Dreck darum. Ich beschleunige, um mich von mir selbst zu entfernen, ich laufe mir davon, um mich von mir selbst zu entfremden, ich rausche ab, um mich von meinem Hier und Jetzt zu distanzieren, mein Sein zu vereiteln. Ich muss mein Sein vereiteln, damit ich bin, um mich meinem Verlust, dem, was mich einst ausgemacht hat, was mich einst abheben ließ, anzunähern. Das, was ich war, hat mich ausgemacht. Wenn das, was mich ausgemacht hat, nicht mehr ist, bin ich vielleicht. Ich treibe mich voran und verfolge mich dabei. Wenn ich schneller bin als unsereins und meine Reaktion überhole, indem ich mich im Rückspiegel dabei beobachte, wie ich auf die Straße sehe, wenn ich schneller bin als mein Spiegelbild reagiert, dann habe ich mich erkannt. Das Raubtier stellt den Kamm auf, sträubt sein Zwerchfell, streckt die Hinterläufe, geht in die Verlängerung und scheucht über die Savanne, riskiert für einen winzigen Moment, vor die Hunde zu gehen, um die Endmouräne mitzureißen und unter sich zu begraben, um die Nachfahren davon zu befreien. Und wenn es sein soll, dann ist das der Rest. Und wenn sie mich holen wollen, dann tun sie es jetzt. Entweder sterbe ich in dieser Sekunde oder ich kralle mir mein Leben zurück. Mit den Krallen kralle ich mich ans und ins Leben.

Der schwarze Asphalt dort vor mir ist mit Fleisch geteert. Hautfarbe häuft sich, Leiber häuten sich. Da liegen Kuhhälften, Schweinehaxen und Ziegenköpfe, Berge und Brocken organischer Natur. Schlachtabfälle, Rossrumpfrelikte, Rinderhälften und Hirnrinden. Verschiedenes Verschiedenes, verschiedenes Faschiertes. Hörner, Hufe und Gelenke kleben auf dem Straßenpflaster. Gedärme ziehen sich in die Länge, winden sich watzelnd wie Würmer, quellen auf oder platzen. Vor mir liegt ein Gemetzel, ein offenes Massengrab und meilenweites Massaker. Pelze und Igelperücken, Tiertoupets aller Art und Farbe: schwarzweiß, gepunktet oder gefleckt. Ganze Rehrücken und Teile von ihren schwarzfeuchten Schnauzen. Hartgewordene Katzenleiber. Ein Vanitas-Stillleben auf den leeren Metern in den Himmel, in den ich nicht mehr kommen sollte?

Die Luft stockt, verfärbt sich braun und sickert durch die Kadaver, die sich auf dem Erdpech aalen, sich in der aufgeheizten Stimmung sömmern. An diesem Tropentag tummeln sich die Toten zum Tanzschwarm. Die Kadaver verkeilen sich zwischen den Achsen und werden zu meinen letzten Gefährten unter meinem Gefährt, während es die Karosserie zerlegt. Karree unter meiner Karre, bald mischt sich mein Gebein mit dem der Schweine. Fleischback in meine Adoleszenz. Die Fäulnis fuhrwerkt zwischen den Rädern des Uhrwerks, die alle Dinge zum Laufen bringen. Alles dreht sich, das Blechgehäuse, ich, die

Welt, etwas läuft verkehrt, etwas läuft gar nicht mehr, die Welt renkt sich aus, mein Kopf steht Kopf. Ich klemme in der Klemme. Mein Leib verduftet, mein Leben verdunstet, wenn ich verdufte, riecht es nach rüstigem Röster. Ich verende lebensdarbend, ich darbe ins Verderben, meine Verwesung eine Verwüstung, und morgen nur mehr ein Gerippe in der Steppe neben dem Landstraßenstrich. Zurück bleibt eine Zurückgebliebene. Der Gestank des fauligen Fleischs vermengt sich mit dem Geruch von Diesel, der heruntertropft wie Regen. Feuer verteilt sich im Fuhrwerk, greift über auf den Dornenbusch, Buschbrand am Straßenrand, bald flämmt mich die Flamme. Im Radio verschmelzen die Lieder zu meiner Totentanzmelodie: *Nothing's gonna hurt you baby like home most of the time all the rage back home hurt roads into my arms where is my mind creep why does my heart feel so bad the sun across the universe under the milky way.* An meinem Gesicht werdet ihr mich erkennen, mich, die gepeinigte Gepardin, an dem Schwarz, das jetzt, immer und in der Stunde meines Todes aus meinen Augen fließt. Kajal über den Körper geflutet, meine zerronnene Schminke auf den pelzigen Leib geschneidert. Das ist die Farbe, mit der man mich angeschwärzt hat, das ist die Druckerschwärze, die mir in den Knochen sitzt. Meine Sicht beschlägt, die Zeit läuft ab, die Fensterscheiben an, Verwesungsgestank, die Luft ist so heiß, als inhalierte man die Hölle. Die Dunkelheit fällt über mich, ich auseinander, ein gewesenes Wesen. Ein anderes, das seine Hand ausstreckt. Die Hand Gottes? Das Messer in dieser Hand zerschneidet den Gurt, noch bevor ich durch bin, und der Schwarze Apollo zieht mich aus dem Feuer. Mein Brandschatzer beschützt mich, Asche auf unseren Häuptern. Leben!

Lest dies zu meinem Gedächtnis: Die Tinte wurde zu meinem Wehrsekret. Ich rückte mir selbst auf den Pelz und ließ mir einen Panzerrücken wachsen, schmückte mich mit fremden Federn. Das Fell, das ich mir über die Ohren zog, wärmte mich, je schonungsloser ich mit mir umging, desto weniger ging ich unter. Ich ging hart mit mir ins Gericht. Ich konnte nicht mehr schreiben, meine Finger lagen im Wundstarrkrampf. Ich legte Fallen in meinem Interieur, in meinem Tiefseewald, es waren Bärenfallen und Fanggruben, in die ich die Endmouräne lockte, bereit, sie zu studieren, denn der Sturm hört nicht auf, solange der Dreck der Menschen unter unseren Fingernägeln brennt.

Wir streifen wie Wilde durch den Garten, es schneit Hollerblüten auf unsere Köpfe. Die Pfingstrosen bluten auf unser Weideland, Nelken hinterlassen ihre Duftmarke auf deiner neugierigen Nasenspitze. Eine satte Taube thront auf dem Fichtenwipfel wie ein zu großer Christbaumstern. Nadelbäume im Sommer haben immer etwas Gestriges. Alles grünt gründlich, noch immer. Die Arme der Föhre greifen schon beinah in den Wintergarten. Du läufst eine Runde im Küchenkreis und schreist, ich soll dich fangen. Und wenn ich

Löwin meine mächtigen Pranken ausfahre, brülle wie eine Bestie, dann quietschst du vor Vergnügen und weinst fast vor Angst. »Die Muttermilch brennt an!«, schreist du und läufst zum Herd, ziehst den Topf zur Seite, süßlich ranziger Dampf qualmt uns entgegen und kratzt in unseren Hälsen. Am Abend trinken wir Honigmilch und nehmen ein Heubad im alten Dachboden deiner Großmutter. Du durchforstest die Bilder, die hintereinander geschlichtet an der Wand stehen. »*Gestade der Vergessenheit*«, liest du dann und fragst, woher ich das Gemälde habe, und ich beginne zu erzählen: »*Als ich geboren wurde, war da eine weiche Welt, in die ich fiel und mich fortan betten durfte. Ich sank in eine Welt aus Daunentuchenden, die sich unter meinem Kindergewicht sanft zusammendrückte. Rundherum blähten sich Airbags aus Mutterkuchen und Vaterbäuchen, sie umgaben mich von allen Seiten, und wenn sie es nicht taten, dann tat es der Germteig der Urgroßeltern, der ständig irgendwo aufging, und wenn er ruhte, sich weiterblähte, hütete mich immer noch der kleine Berg, auf dessen Plateau wir wohnten, der eigentlich ein saftiger Hügel war, eine Endmoräne, ein vom Gletscher aufgeschobener Erdwall, der mir das Gefühl gab, über den Dingen erhaben und über dem Dorf enthoben zu sein.*«

Wir streunen durch den Wald unseres Hausbergs, steigen hinauf auf unser Korallenriff und raffen die Schätze der Tethys an uns: Haifischzähne, die du dir wie die Eckzähne eines Säbelzahntigers unter die Oberlippe schiebst. Wir rutschen auf dem Quarzsand und ritzen unsere Namen in die Felswand. Du spielst versteinern in unserer Fossilienfundstätte, und ich sage, dass ich ein sessiles Nesseltier sei, unfähig, meinen Stammplatz zu verlassen, zur ewigen Heimat verdonnert. »Und du«, frage ich dich, »wirst du einmal hierbleiben, bei mir?« – »Ich werde Korallenforscher«, antwortest du, »ein halbes Jahr im Great Barrier Reef, ein halbes Jahr hier bei dir, in unserer Alpenkaribik. Dann grab ich dich einmal aus, du alter Schneckenwurm«, lachst du. »Krabbenknülch«, sage ich, und wir sind wieder zurück im Spiel. »Gemeiner Bienenwolf«, erwiderst du. »Zilpzalpzwutschgerl!« – »Zickige Zikadenzzwickerin!« – »Einbeiniger Ruderfußkrebs.« – »Gekrümmte Schnabelwanze!« – »Zweizahnige Dornwanze.« Und während wir uns gegenseitig Namen zuschanzen, bist du mir immer dicht auf den Versen.

BILDZITATE

1 Salvador Dalí, *Die Beständigkeit der Erinnerung*, 1931, 24,1 x 33 cm, Öl auf Leinwand, Museum of Modern Art, New York.
2 Jan Brueghel d. Ä., *Das irdische Paradies*, 1607, 46 x 67 cm, Öl auf Leinwand, Louvre, Paris.
3 Salvador Dalí, *Die Erfindung der Ungeheuer*, 1937, 51,2 x 78,4 cm, Art Institute of Chicago, Chicago.
4 Gabriele Münter, *Das Gelbe Haus*, 1908, 32,7 x 40,6 cm, Öl auf Leinwand.
5 Johann Michael Sattler, *Sattler-Panorama*, 1825–29, 486 x 2553 cm, Öl auf Leinwand, Salzburg Museum.
6 Edward Hopper, *Nighthawks*, 1942, 84,1 x 152,4 cm, Öl auf Leinwand, Art Institute of Chicago, Chicago.
7 Andy Warhol, *Twenty Marilyns*, 1962, 197 x 116 cm, Siebdruck, Privatbesitz.
8 Frans II. Francken, *Hexenküche*, 1610, 52 x 66,1 cm, Öl auf Eichenholz, Kunsthistorisches Museum, Wien.
9 Maria Lassnig, *Don Juan d'Austria*, 2004, 200 x 150 cm, Öl auf Leinwand, Friedrich Petzel Gallery, New York.
10 Ferdinand Georg Waldmüller, *Der Wolfgangsee*, 1835, 32 x 26 cm, Öl auf Holz, Belvedere, Wien.
11 Pieter Bruegel d. Ä., *Die großen Fische fressen die kleinen*, 1556, 21,6 x 30,7 cm, Feder und Pinsel in Grau und Schwarz, Grafische Sammlung Albertina, Wien.
12 Eugen Bracht, *Gestade der Vergessenheit*, Urversion 1889, 139 x 257 cm, Öl auf Leinwand, Hessisches Landesmuseum, Darmstadt.
13 Pieter Aertsen, *Fleischbude (mit Flucht nach Ägypten)*, 1551, 151 x 202 cm, Öl auf Holz, Bonnefantenmuseum, Maastricht.
14 Carolee Schneemann, *Meat Joy*, 1964, Performance, Uraufführung im American Center in Paris.
15 Tamara de Lempicka, *Mutterschaft*, 1928, 35 x 27 cm, Öl auf Holz, Privatsammlung.
16 Gustave Courbet, *Der Ursprung der Welt*, 1866, 46 x 55 cm, Öl auf Leinwand, Musée d'Orsay, Paris.
17 Mihály von Munkácsy, *Besuch bei einer Wöchnerin*, 1879, 80,5 x 116,3 cm, Öl auf Mahagoniholz, Pinakothek, München.

18 Helena Adler, *Das Mutterkostüm*, 2014, Work in Progress. Öl, Fett, Schmalz, Schweiß, Knochen, Federn, Pelz, Blattgold, Haut auf Haut.

19 Pieter Bruegel d. Ä., *Engelssturz*, 1562, 117 x 162 cm, Öl auf Eiche, Königliche Museen der Schönen Künste Brüssel.

20 Helena Adler, *Ein Kanarienvogel unter Karnivoren*, 1983, Work in Progress. Installation, Assemblage.

21 Guercino, *Madonna mit Kind*, 1621/22, 64 x 50 cm, Öl auf Leinwand, Städel Museum, Frankfurt a. Main.

Die Arbeit an diesem Roman wurde vom Land Salzburg durch ein *Arbeitsstipendium* und durch ein *Projektstipendium des Bundeskanzleramts für Kunst und Kultur* gefördert. Die Autorin bedankt sich bei allen, die zur Fertigstellung dieses Romans, formell und informell, beigetragen haben, für die Unterstützung.

FSC
www.fsc.org
MIX
Papier | Fördert gute Waldnutzung
FSC® C014496

Penguin Random House Verlagsgruppe FSC® N001967

1. Auflage
Genehmigte Taschenbuchausgabe August 2024
btb Verlag in der Penguin Random House Verlagsgruppe GmbH,
Neumarkter Str. 28, 81673 München

Covergestaltung: semper smile, München, nach einem Entwurf und unter Verwendung eines Motivs von Shara Reier
Druck und Einband: GGP Media GmbH, Pößneck
cb · Herstellung: sc
Printed in Germany
ISBN 978-3-442-77421-0

www.btb-verlag.de
www.facebook.com/penguinbuecher

HELENA ADLER
Miserere
Drei Texte

80 Seiten, gebunden, € 16,-
ISBN 978-3-99027-407-1

Am 5. Januar 2024 ist Helena Adler gestorben, mit vierzig Jahren, viel zu früh. Für drei Bücher hat die Zeit gereicht, und mit diesen Büchern, vor allem aber mit *Die Infantin trägt den Scheitel links* ist es ihr gelungen, sich in die Literaturgeschichte und in die Herzen ihrer Leser einzuschreiben. Mit überschäumender Sprachlust, mit unbändigem Wortwitz, auf Leben und Tod und mit Hohn und Spott und Zähnen und Klauen hat sie sich ihrer Herkunft gestellt und der Alptraumidylle der österreichischen Provinz auf der Wetterseite einen frischen Anstrich verpasst. Sie hat auf Biegen und Brechen alle Register gezogen, denn ihre Literatur war nicht nur ein sehr großer Spaß, sondern immer auch eine sehr ernste Angelegenheit. Das zeigt sich auch an den drei noch zu Lebzeiten abgeschlossenen Texten, die dieser Band versammelt. Sie wüten und sie poltern wie eine Liebeserklärung an das Leben, die das letzte Wort behalten will – und behält.

JUNG
UND
JUNG

Helena Adler

Die Infantin trägt den Scheitel links

Roman

192 Seiten, ISBN 978-3-442-77129-5

Nominiert für den Deutschen und den Österreichischen Buchpreis

Dass sie, die jüngste Tochter, das zarte Kind, den Bauernhof ihrer Eltern abfackelt, ist nicht nur ein Versehen, es ist auch Notwehr. Ein Akt der Selbstbehauptung gegen die Zumutungen des Heranwachsens unter dem Regime der Eltern, einer frömmelnden, bigotten Mutter und eines Vaters mit einem fatalen Hang zu Alkohol, Pyrotechnik und Esoterik …

»Ein durchgeknallter, aber klischeefreier Heimatroman, rasant erzählt.«

WOMAN

»Thomas Bernhard hätte geweint vor Freude und Neid.«

Neues Deutschland

btb